曽野綾子
Ayako Sono

人生の値打ち

ポプラ新書
154

前書き　――人間がいるだけ

今、前書きを書いている最中、世間はまたもやセクハラ騒ぎである。今回セクハラを受けたという女性はマスコミ記者、セクハラをした人は事務次官だという。どちらも秀才なのに無様な人たちだなあ、と思う。

「セクハラや痴漢の被害」を受けたことのない人は少ないだろう。幼い（若い）時ほど、その迷惑な行為を避ける上手な方法を知らない。しかしやがて、物理的に、時間的に、社会的に、組織的に、心理的に、さまざまな方法で防ぐ手立てを思いつくようになる。

痴漢やセクハラがいいというわけではないが、これらの行為は、少なくとも流血も見ず、罵声も浴びせずに、ご遠慮する方法がないでもない。電車の中で執拗にさわられたら、その場で相手の横面を張るのが一番いいように思う。女性の力で横面を張られても、相手の顔面は大きく腫れることもなく、救急病院に行かねばならないほどの傷を負うわけでもないだろう。それでいて、周囲の注目を集める、というみっともないことになる。

すべてのイジメには闘う他はない。学校の生徒の間のイジメ、パワハラと言われる組織内でのイジメ、ご近所付き合いでのイジメ、どこにでもイジメはある。なくなることはない。なぜなら、イジメは人間にとって楽しい行為だからだ。

そのことを世間は認めない。人をいじめるというような「悪い行為」は「楽しくない」と思っているふしがある。

楽しくてもやってはいけないこと、が世間にはたくさんある。私の知人の子供は幼い時、おこづかいの範囲で釣堀に行くのが楽しみだった。釣った魚は、学校の池に放った。彼にすれば、学校の池でも、中の魚の大半は「自分の魚だ」という認識があった。

それでやがて学校の池を釣堀と思うようになった。もちろん魚釣りの行為は見つかって叱られた。

子供にすれば「ボクの魚をボクが池に放して、それをもう一度釣り上げて何が悪いのよ」ということだろう。世間には、池の使用権とか、池の管理者の存在とか、さまざまなことがあることまでは、まだ理解できないし、なかなか意識できない。


女性も最近は素晴らしく変わって来たのだが、それでも専門家と言われる人々の男女間の比率の差はまだ大きい。昔は職業上の肝心な場所にほとんど女性はいなかった。そのうちにまず医師の中に女性が増えた。最近では土木の現場に女性の「技術者」がいる。船の士官の中にもいる。護衛艦の艦長が女性だとこの間マスコミが報じていた。

軍や船などは、その中の集団が一つの社会と見なされる。多くの社会は「皆で相談して決める民主主義」ではやっていけないのだ。合議制は時間がかかる。

指揮官が一人で決定し命令するのだ。

船、飛行機などの輸送機関は、決定までは素早くあることが求められるから、司令の決定に対してその組織下にある人間は承認や服従を示して「アイ、アイ、サー」と言う。

「アイ」は同意を示す言葉で、英語としてはやや古語だが、今でもイギリス議会や、船など、特殊な場所では使われているらしい。「イエス」というより「アイ」の方が発音しやすいのだろう。

とにかく、世の中は複雑だ。「民主主義がいい」という世の中になっても、世間には合議制など採っていない組織はいくらでもある。病院もそうだし、茶道や華道の家元だって強固に「うちはうちだ」と思っているのである。

しかし、大人になってから学び続ける意志のない人ほど、相手に「民主的な生き方」を要求する。民主的な暮らしに組み込まれることは、権利だと思っている。それでいて「文化、伝統を守り」「個人的であることを期待」していたりする。

「人間であること」「平等であること」は男にも女にも求められている。平等の列から離れているのは、子供と老人のような弱者だけだ。言うまでもないが、病弱でも立派に人間は人間なのだ。

男女同権と言うが、それは可能性として同じ恩恵を受けられます、ということで、誰もが（男であろうが女であろうが）同じ生活を享受できるという保証ではない。

このようなことは、とうの昔、日本が戦争に負けた、七十年くらい前からわかっていたことなのだ。しかし、馴れや日常化は時々、私たちに本質を見失わせる。だから私たちはいつも根本を覚えていなければならないのだ。

すべての川は源流の一滴を持っている。そして月日をかけて大河になる。その仕組みを忘れない人は誰でも「みごとな生き方」ができるだろう。

人生の値打ち／目次

第1章

人生の深い味

第1話　すべて存在するものは良きものである

私たちは神の道具

私は両親の間に一人娘として育った。現世で顔を見たことのない姉が一人いるが、この人は私の生まれる六年前に幼児の時に死んでいる。父は、世間によくいる、悪い事もせず、大酒も飲まず、賭け事もせず、一見穏やかな紳士だったが、家では母に対して厳しい人であった。

普通の子供は、うちへ帰るとのんびり心が休まるものだが、私はそうではなかった。父が機嫌を悪くすると、母と私はそれを宥(なだ)めるのが大変だったので、私は一日中神経をぴりぴりさせるような暮らしをしていた。それが私が感じた「火宅」である。もしせめて私に男の兄弟がいたら、このような関係は随分変わっていたのではないかと思う。父も息子達に遠慮しただろうし、息子達も同性である父親というものに対して、もっと理解のある対応の仕方をしてくれたのではないかと思う。その点、私は異性を理解するチャンスに欠けたまま成長したと言える。

「男女同権」という言葉はいつ頃からこんなに荒々しい武器として使われるようになったのか私は記憶がないのだが、男女は対立すべきものではなく、補って存在するものだろう。男女はいかなる面でも同等にならねばならないという考えに取りつかれた事もない。明らかに男性が優越する才能と女性が得意とする面は違っていて、違っているから有効だし面白いのである。

動物の中には雌雄同体のものがあると言われるが、それは雌雄の性が同時にあるのか、それとも順を追って変わっていくのか、私はよく覚えていない。しかしいずれにせよ、ごく普通の動物の世界では雌雄が別々にあって当然と考えられている。

私は子供の時からカトリックの信仰の世界で育ったが、決して敬虔なクリスチャンではない。ただ、私の中で抜き難くあるのは、神は存在していて、その神がいつも人間を見ているという感覚である。この感覚は私が布団を被っていても押し入れの中に隠れていても、ついて廻る。神は私の行動も思考したこともすべてお見通しで、あらゆる人間に個別の目を注いでいると考えられているからである。

私達の学校では、小学校から英語の授業があったが、多分その頃私達は非常に素晴らしい文章を習った。「We are God's tool.（私達は神の道具である）」という文章である。

後年私はなぜか大工道具というものが好きになった。できれば小さな指物細工などをしたいと思った時期もあるのだが、まだ実際にその道楽に手を染めてはいない。ただもし私が無人島に流されるような運命になった時、ホームセンターなどで売っている工具一式が手元にあったら、以後の私のロビンソン・クルーソー的暮らしはどんなに楽になるかと思うのである。ノコギリがあれば私は細い木を切って屋根の骨組みを作る。さらに、ハサミがあればそこで太いやしの葉やキヅタなどを切って屋根を葺くことができる。鎌があれば草を刈って、寝床用の干し草を作り、もしライターなどというものが一個あれば竈(かまど)を作って無人島の生活が天国のようになる。ペットボトルが一個あればこれもいかなる宝物にも引けを取らない大切なものとなるだろう。

しかしそれらの道具を考える時、機能は一つ一つ恐ろしく違う。ノコギリは木を切るために使われるが、その板の面はざらざらのままである。そこへカンナをかければ、表面はなめらかになって、私達はその上に紙を広げてそこで字を書くこともできる。これらの紙を何枚か重ねて綴じたいと思う時、穴を空ける道具として期待されるのは錐である。ノコギリが錐の代わりになることは考えられない。

そう考えると、我々がいう大工道具というものは、一つ一つ機能が違っていて、違っているからこそ有用なのである。神の目から見た人間というものも恐らく、この道具箱のようなものだと私は思ってきたのだ。一人一人の性格、持ち味、能力もすべて違う。

しかしそれに向いた仕事には、その人の独特の才能を使う他はないのであって、皆が同じ能力しか持っていなかったら、それらの才能の大半は力を発揮する適切な場所を持てない。だから私達は神の道具として目を掛けられ、栄光を与えられ、期待され、そして世の中で与えられた運命の中で働いていく。その中には当然男女の区別も含まれるのである。

この世になくていいものは一つもない

一時私達がしばしば耳にした言葉の中に、「性差別」という否定的な意味を持つものがあった。差別というものは多分、優と越を土台にしているのである。しかし区別は違う。私は差別などという無駄な事をした記憶はない。ただし、区別は常に、瞬間瞬間している。この場面において、どのような選択が自分と社会にとって有効かという区別を行っているのである。だから男性と女性の差別というものはあり得ない。どちらが有能かなどということを決めようとする人がいたら、それは事の本質を見ていない人である。

例えば大きな石を動かす力というものは、男性の方に備わっているだろう。しかし、多くの女性はしなやかに踊ったり楽器を奏でる時に素晴らしい才能を発揮する。私は料理が好きで毎日するのだが、塩と砂糖とどっちが勝っているかなどと聞かれると、本当に困ることは想像して頂けるだろう。

私は甘いお菓子をあまり食べないが、その味を作る主役は砂糖だ。しかし、豆を甘く煮たり、お汁粉を作ったりする時に、最後に塩を入れなければその甘みはうまく出ないのである。これは本当に不思議な事だが、もしかするとこれは神が私達に小さなもの、少ないもの、弱いものの価値を決して忘れるなという教訓を与えるために備えた特殊な相互作用ではないかと思う事さえある。

私は今でもよくアフリカの僻地(へきち)に行くが、旅の途中で、しばしば塩が切れて気分が悪くなる。大して汗をかいているわけではないと思うのだが、南方の気候の中では、日本人が普段の生活の中では摂取してはいけないと言われている量の塩を積極的に摂らないと体がもたないのである。だからアフリカではコーラに塩を入れて飲む人さえいる。もし塩が切れると——そういうことを日本人はあまり体験したことがないのだが——頭痛や吐き気がし、ひどくなると発熱さえする。そこで塩昆布を一枚でも食べると、その吐き気は瞬時に治まるのだから面白い。これは、塩分の不足からくるものだそうで、こんなにも人間の体というのは塩を必要としているのかと思う。

つまり、この世になくていいものは一つもない。この自覚が、世間全般に、或いは教育界に行き届いているとは私はどうしても思えない。あんなものはない方がいいという評価の仕方が、道徳と結びついて世間の隅々まで広がっている。トマス・アクィナスという人も同じ事を言っている。「すべて存在するものは良きものである」と。

考えてみればこれは恐ろしい言葉だ。私達は普通、良いものと悪いものとを明瞭に仕分けし、悪いものは避け、良いものだけを残そうとする。これは当然の行為だろう。私は、畑仕事の真似事をするが、一般的に言って、種というものは、最低限一カ所に二粒ずつ蒔くのである。

しかし、そこから出てきた小さなか弱い芽もそのまま伸ばすというわけにはいかない。一定の長さになると、二本の幼い苗のうちの弱そうなものを引き抜いて捨てるのである。そうしなければ、そうでない方の一本もまともに育たないからだ。

こうした行為を、英語でセレクションという。セレクションは普通学校で習う時「選択」という意味で教えられるようだが、もう一つの意味は、淘汰という事である。つまり、悪いものの弱いものを捨てて、種として良きものを残すという行為である。これは現代社会においては非常に悪いことである。これを認めると人間世界では恐ろしい事が起こる、と思うのだろう。成績の悪い人は殺され、秀才だけが温かく成長させてもらう、と思うのかもしれないが、人類はそれほど愚かではない。つまり、或る人間の特性がその世代においてどのように有効か、なかなかわからないものだからである。

しかし、現実においては私達はそのような淘汰の結果として残った野菜や果物を食べている。これは間違いない事なのだ。この現実さえも人間は道徳を振りかざして、認めようとしない。農業全体が淘汰という行為の結果であることは考えたくない、というか子供達にその事実を教えないのだ。

しかし、人間はもっと賢かった。淘汰すべきものができるだけ出ないように品種を改良したり、使い道を考えたりして立派に役立てる事を思いついたのだ。

今や家庭の燃料のほとんどがガスや電気だが、竈で火をおこした事のある人なら、火をおこすという行為には、普通さまざまな種類の燃料を段階的に使わなければならないことを知っているだろう。

まず、私だったら、新聞紙の数枚を捻ったものに火をつけ、そこに段ボールの切れ端や木の小枝をくべ、これが燃え上がったら、やや太い薪を入れる。私は子供の時、毎日お風呂を焚かされたので（当時庶民的な家には電気やガスで風呂を沸かす設備はなかった）、こうした手順に馴れたのである。もし薪が濡れていたらどうするか、という生活の知恵を教えられたのは、ずっと後になってからであった。一番ひどいケースは、水溜まりの中に何カ月も浸っていた朽木（くちき）を燃やす場合である。この濡れたままの木をどうして燃したらいいか、大抵の都会人は知らない。そのような木は刃物で鉛筆を削るように、或いは、鰹節を削るように、細かい削りかすにして燃せば、ついさっきまで水中にあったものでも燃えるのだ。

そのようにして人間は、あらゆる物質、あらゆる状態、あらゆる願わしくないことをできる限り克服し、時にはマイナスであった性質までもプラスの方向に向けようとして変えていったのである。

人とは違う部分をいかに輝かせるか

今ここに男性と女性という大きな二つの存在があって、それが片方は力持ち、片方は力なし、片方はぶきっちょ、もう一方は器用というような性格を持っていたとすれば、それこそが世界にとって願わしい要素が用意されたことになる。

だから私は昔から、フェミニズムというものにほとんど関心がなかった。もともと違うのだから、補い合えばいいのだ。競い合い同等になる、という発想の方がおかしい。フェミニズムという言葉は女性解放、男女同権主義などと訳されている。しかし、すべての女性が、解放されなければならなかった存在だとは私は思わない。いわゆる形ばかりの解放など全く望んでいなかった人もいるし、封建的家族の中で暮らしていても、男性より偉かった女性の存在は昔からあったのだ。

確かに、農業や漁業に携わる人々の社会では、夫婦に子供が生まれると、男の子は高校にやらないでもないが、女の子にはその必要がないという空気がなくもなかった時代がある。私の父は、東京の下町に生まれた「東京原人」だが、次男であった。家業は長男が継ぎ、次男の父が家を出ていく決まりになっていた。それで面白いことに、長男は旧制の中学を出ただけで充分とされたが、次男である父は大学にやってもらえたのである。しかし、兄弟平等などという思想は全くなかったらしく、私から見ると本家の伯父にあたる人はいつもおっとりと床の間の前に座っていたが、次男だった父は、中学生の時から毎日家中のランプのホヤの掃除をするという任務があったという。私は後年、アフリカの田舎の修道院でランプの生活をさせられた時、性懲りもなく、触れてはいけないランプの熱いホヤの部分に手を触れて火傷が絶えなかった。その時、父のこのランプ掃除の話を思い出したものである。

地方の家庭には、そういうわけで高等教育を受けなかった女性がたくさんいた。確かにその人々の一部は、結婚した後も男性と同等の生活をしていたとは思われない。お父ちゃん達は農閑期にバスを連ねて熱海の温泉へ行くが、お母ちゃん達は置いてけぼりだったという時代が長くあったという事を私は知っている。

しかし、そのような不平等を彼女たちは賢く楽しんでいた。つまり、煩(わずら)わしいお父ちゃん達のご飯の支度をしなくていい数日の留守の間は、お母ちゃん達にとってけっこうな休日だったのである。もっともこの当時聞いた話で私が許せなかったのは、お父ちゃん達は少し体が悪いとすぐに医者に行くくせに、お母ちゃん達が歯が痛いと言っても歯医者にかからせてもらえないというものだった。そんな風にして大切な家族を冷遇して、どういう良い事があるのだろうと私は腹を立てたのである。

しかし、一般の家庭の女性達は常にそれなりにどっしりと、その立場を保っていた。お母ちゃんなしでは、ほとんどあらゆる事がうまく運営されないのである。お父ちゃんが進行表を作るとお母ちゃんがそれを実行する。このどちらが欠けても、多分その家の家業と生活はうまく動かなかったのである。

どんな人もどんな物も大切だという人生の捉え方がないと、一切の学問も職業も成り立たない。違って当たり前なのだ。違いを知るのだ。その違いを使うのだ。その違った部分を輝かせるのだ。それが現世における人間の役目なのである。

第2話
生命を生かし育てる作業は不滅の面白さを持っている

闘う力は、良き前進と後退から生まれる

私は女なので男性に特有の才能について語る資格はあまりない。強いて言うと、闘う力である。

現在では、闘う力というと、すべて悪いことになっているが、さまざまな意味で闘いに勝てなくては人間は生き残ることができない。だから闘う力というものは、いつの時代でも生存の基本能力であり、決して疎（おろそ）かにしていいものではない。ただ、闘うといっても、決して銃をぶっ放したり、相手をぶん殴ったりするということではない。

私は、自分ができないからなのだが、馬を乗りこなせること、大きな車輛を動かせること、長く泳げること、長い距離を歩けることなどに深い尊敬を感じ、憧れも抱いてきた。それらはすべて、闘うという、やや男性的な能力の範疇（はんちゅう）に入る場合が多い。

最近では、女性にも男性と同じ程度に、これらの機能を備えた人がいる。私は、長い間土木の現場に入って勉強してきたが、四十年前は重機のオペレーター（運転手）に女性は一人もいなかった。ダンプカー、ブルドーザー、グレーダーなど、土木の現場には、実に魅力的な機械がたくさんある。それらを動かしているのはすべて男性であった。

さらに話が少し横へ飛ぶことを許して頂きたいのだが、私は或る種の力を競うスポーツに対して理解が悪いのである。人間は長い距離を歩いたり走ったりするのが辛いからこそ自動車を発明した。重い物を持ち上げる労働の苦しさから人間を解き放したかったからこそ、ショベルカーやフォークリフトを考え出した。だから、既にそのような代替機械が発明されている分野に対して、人間が競うということにどうしてもあまり意味を感じられないのである。
しかし、人間の生活は常にこうした「文明の利器」に頼れるものではない。便利で強大な道具を動かす力は今のところすべて石油や電力に頼っているわけだが、それらの供給が途絶える状況というものは、いつでも考え得るのだから、私たちはそれに常に備えていなければならない。

人間の才能の一つに——闘う力と正反対のことになるが——悪いことに備えるという姿勢がある。攻撃する力は攻撃と前進には向いているが、負けて退かねばならない時にどうするといいかわからない人は闘う力があるとは言えない。力というものは前進と後退と、そのどちらをも意味するのであって、その総合力が闘う力なのである。
そう言ってみると、男女共に、これらの力を備えている人がいいというだけのことで、特に男性が力即ち闘う力に秀でているということもないのかもしれない。私達はしばしば、海に潜ってアワビなどを獲る海女さんの話を聞くが、優秀なダイバーは男にもたくさんいて、それらの人々は災害救助や自衛隊の特殊な戦力として働いている。

近年、初めて知ったことなのだが、敵に設置された機雷を除去する掃海の仕事はすべて非常に優秀なダイバーが行うのだそうだ。それは熟練ダイバーにして初めてできることであって、きれいな魚やイソギンチャクを眺めるための遊びのダイビングもいいけれど、私はやはり生命を守ったり救ったりして働いている人の能力を尊いと感じてしまう。

この自衛隊のダイバーたちは、東日本大震災の時に行方の知れなくなった方たちの遺体が海底に沈んでいるのを数多く揚げたという。そうした縁の下の力持ちのような仕事が、被災者の心をどれだけ救ったかしれない。それは今のところ男性的な仕事と思われているけれど、今に女性でも同じような能力を発揮できる人が出ないわけでもないと思う。

「平和に解決する力」こそ闘う力の必要条件

私は何十年にもわたって主に途上国を旅行してきたために、普通の観光旅行者には考えられないようなひどい旅をした。もちろん添乗員などいない旅だから、途中で、危険、病気、交通手段の不都合などを解決する人は自分しかいないのである。世界中がルールを守る人ばかりではない。

今でも忘れられないが、当時のテレビコマーシャルに、客が金色のクレジットカードを出すと、「リザベーションをお持ちですね、加藤様」などと言って、ホテルの予約した部屋が間違いなく供される場面があった。ところが、こんなルールが守られているのは世界でも先進国だけであって、途上国ではどんな予約があろうと誰かさらに力ある人物が現れれば、ホテルの部屋はそちらへ流用されてしまうのである。例えば、隣の国の外務大臣が、お供を八十人連れてやって来たりすると、隣国の国境に近い町の第一のホテルの部屋はすべて彼らに占領されてしまう。そんな時に私がいくら東京で発行された有名な旅行代理店の予約票を出して「おまえは私に部屋を出すべきだ」と言ったところで、相手は聞く耳を持たないのである。

そこから闘いが始まる。私は初め、アフリカの田舎の町などではそこらへんで野宿をしても安全なのだろうと思っていた。ところが大間違いなのである。アフリカに詳しい日本人に言わせると、朝起きてみたら、そこらへんに放り出してあった野宿用の鍋釜が一切盗まれているなどというのはよくあることで、「人間が残されていればいい方ですよね」という笑い話にもなる。だから、どんなぼろな建物であろうと、水が一滴も出ず電気も全くつかない名ばかりのホテルであろうと、とにかく一応鍵の掛かる建物の内部で寝泊まりするという事は安全の基本だから、隣国の外務大臣と闘ってでも必要な部屋を出させなければならない。

こういう場合に、女性が泣き喚(わめ)くというのも、確かに一つの闘いの方策かもしれない。しかし普通は、男達は別のやり方で闘うのだ。第一にお金の力で闘う。自分の持っているパスポートの間に十ドル紙幣を入れてさりげなくレセプションのお嬢さんに渡し、

「君、僕はこういう名前で予約してあるんだけど、やっぱりちゃんと取ってくれてあるんじゃない？」

と言うのである。

すると、ないはずの部屋が出てくる時もある。

その次に私のかなり嫌いなやり方だが、権力を笠に着て闘うのである。

「僕はこの国の大統領と親しいんだけど、君のホテルはひどいホテルだと言ってもいいの？」

と言って穏やかに脅すのである。

私の仲間など皆、旅行時にはひどい格好をしているから、どう見ても大統領閣下のご親友とは思えないのだが、それでもホテル側ではもしかするとこの人は本当に大統領の親友なのかもしれないと思う。仮にここに二人の客がいて、一人はただの風来坊、もう一人は大統領の親友という触れ込みだとしたら、間違いでもいいから大統領の親友だという方に部屋を渡しておいた方が得策なのである。これが権力を笠に着た力の使い方だ。

もう一つの力の使い方は、性的魅力を行使することである。映画などでは、女スパイが情報の取れそうな男の傍に近寄っていって、流し目で見たりする場面が出てくる。このように、女が男に、或る目的のため色仕掛けすることをハニー・トラップというのだそうだが、これもかかる方が悪いので一つの力である。

私は外交にも政治にも関わったことはないのだが、或る人間的な魅力（知識、外見、物腰、優しさ、気品）が政治にも外交にも或る力を及ぼすことは大いにあると思う。これに加えて、最近では徳の力というものも私は感じている。インドにガンジーという人が生きていた時代、あの人があの痩せさらばえた体に粗い木綿の布を纏っただけの姿で、自分は貧しい人々のこれこれのことに命を捧げている、手伝ってほしいと言われると、多くの人がそれを拒否することはなかなか難しくなるような気がする。私はガンジーの無抵抗主義というものに実は強く惹かれている。

それと正反対なのは、今の中国のような徳のない国の姿である。殺虫剤の入った餃子などを売りつけたということになると、同国人までが自国のミルクを信じなくなり、香港まで日本の粉ミルクを買い漁りに行くようになる。それがニュースになると、このような国家は世界的に力を失うのは確かである。

日本ではしばしば、タクシーや駅のきっぷ売り場に置き忘れた財布が無事に拾われて、持ち主の外国人の手に戻ることがあるが、このようなできごとは単なる日常的な事件である以上に、大きなインパクトを持っていると私は思っている。つまり、日本ないし日本人は、同盟を結び、友好国として認識し、友達になれば得な集団なのだ。

男性の闘う力というものは、多くの場合平和的に事を解決する力、時には組織力などというものにも裏打ちされている。さらに言えば、この平和をもたらす闘いのためには、耐える力、譲る心などというものまで要るのである。それらは人間として心に余裕のある人々の持つ資産である。

慈母の行動に表れる女性の力

　私はよく戦争映画を観るのだが、アメリカ軍は負けて撤退する時でも負傷者はもちろん、戦死者の遺体まで収容して帰らねばいけないという規則があるらしい。

　その時にもし私のように体力のないのが交じっていたら、傷ついた戦友を担いで後退するどころか、自分一人で我がちに逃げるので手一杯になってしまう。それを思うと、力が徳を生み、徳が力を生むという相互関係もはっきり見えてくるのだが、私のように徳と力の双方が欠けている人間がいたら、この世で惨（さん）憺（たん）たる場面を作ることになる。

　一方女性の場合、何が力かというと、育むということだと私は思っている。直接子供を産むという行為もあるが、自分の子供だけでなく、あらゆる生命に対して慈母のような行動を取れることを私は女性の力だと感じている。

　何度か書いた事があるのだが、或る時私は、南米のボリビアという国の田舎町で、日本人の神父が手助けしている結核患者の収容施設に行ったことがある。

患者たちの九割は、本来はアンデスの山地で暮らしていたのだが、働く場所のない山にいてはどうにもならないので、お金欲しさに町へ下りて来た人達である。ところがそこにも、半端な仕事しかなく、それも恒久的に働いて収入があるというものでもない。やがて彼らは安い酒を飲んで、荒れた生活をするようになる。酒を買うので、食べものもまともに買えない。怪し気な街の女と深い関係になり、国元に残してきた家族とは連絡も取れない。もしかしたら字も書けない人たちなのである。無論、ケータイなどというものを持てるはずもない。

こうした生活が長く続くと、栄養も悪いので、やがて彼らは結核になる。病気は国家がタダで治療してくれるそうだが、急性期を過ぎると病院を出ていかねばならない。しかし、彼らはまだ激しい肉体労働はできないのだ。

そこで日本人とイタリア人の神父達が病後の彼らを引き取って、伝統的織物を織らせ、観光客向けの小物を作る軽作業場を建てた。そこで体力の回復を待つのである。私が招かれたのは彼らの昼食の席だった。乾季で晴れた気持ちのいい日だったが、ぶどう棚の下に大きなテーブルが十個ばかりあって、そこに病後の人達が座っていた。私はメインテーブルに客として招かれた。実は、こうした男性達と街中で深い仲になった女性達との間に生まれた子供達の通う幼稚園から高校までを、私が働くＮＧＯで作ったのである。

私の座ったメインテーブルで、そこにはまだ誰も来ない一つの席が残っていた。私は隣の日本人の神父に、

「ここには大司教様かどなたかがおいでになるのですか？」と小声で尋ねた。

すると、「いや、誰も来ないでしょう」というのが答えであった。そして事実その通り、食事は一つの空席を残したまま始められた。

後で話を聞いたのだが、その施設をやっているイタリア人の神父の故郷では（イタリアのどの地方か聞いたのだが忘れてしまった）、日常の食卓にいつも一つだけこうした空席を用意する習慣があった。それは、その日に限って、宿も食事も見つからなかった気の毒な旅人が気楽に入って来て、いつでもその席に座って、食事を食べられるようにするためのものであった。言わばそこはいつも目には見えない神が座っている「神の席」なのである。そして、神の席にも

温かいスープや肉料理を供するのは、その食事を出す家の母の役目であった。この場合はイタリア人神父のおばさんである。

イタリアには、よくこの手のおばさんという人がいる。可愛い甥（おい）が地球の果てのような南米の貧しい国に行って苦労して働いているのを見ると、矢も盾もたまらなくなって、甥のもとに駆け付け、その手伝いをするというおばさんである。

ガスや電気が充分に供給される便利な台所などない。そうした施設では、薪を燃すへっついがあり、野菜は粗く編んだ大きな籠で持ち込まれ、そのおばさんを手伝うのは、子供を産んだ後、その子の父親である男に捨てられたような女性である。おばさんは、赤ん坊ごと女性を「拾ってきて」自分の台所で働かせている。赤ん坊はキャベツの入っていた籠などに古タオルを敷いて寝かされているが、絶えず辺りを人間や猫が行き来しているし、人間の方は必ず喋（しゃべ）りかけてくれるので結構賑やかに感じるらしく、手を大きく振りながら機嫌よく笑っている。そうしてこの母は助かり、子供は育つのである。

そこに介在するのは、誰の子供でもいいから、命を育てるという母親の気持ちである。おばさんは、元結核患者も男に捨てられた女性もその赤ん坊も猫も、一緒に育てているのである。

私はこの光景が忘れられない。だから私は中年以後、人にせめてご飯を出そうと思うようになった。もちろん中には、食通で気難しくて、人の家でなど食事はできないという人もいないではなかったが、大抵の人は寛大で、私の作った手抜き料理をおいしいと言って食べてくれた。

しかし最近では、女性達が家でご飯を作らなくなったという。コンビニに行けば、何でも簡単に買えるし、そのままテーブルに並べればお皿を洗う必要さえないからだ。しかし私はそこにはあまり温かさや楽しさを感じられない。食物や肥料を与えて生命を生かし育てるという作業は、実は永遠に面白いものなのだ。そして、大学なんか出なくたって誰にでもできる。私はその偉大さに現代の人々が気が付いていないのではないかと思うことが多い。

第3話　「選択する勇気」が人生を深く彩る

「女の子」の習性

別に悪いことではないのだが、昔から「女の子」は、トイレに行く時にも「あなたも行く？　あなたが行くなら、私も行く」というような言葉を口にした。

この「女の子」なる存在の年頃を決めるとなると、これはかなりの難しさで、六十代の女性まで入るのではないかと思う。

肉体的嗜好や欲求というものは、一人一人で全く別ものだということはわかっているのに、こういう無駄な会話が行われている。

さらに喫茶店に入ると、コーヒーか紅茶かを頼む前に、「あなた何にする？」という癖もあった。それによって自分の頼むものを決めるのである。もっとも、最近の女の子はこんなことはしなくなっているのかもしれない。

私はこういう習慣があまり好きではなかった。コーヒーを全く飲まない人は世間には意外と多い。コーヒーより紅茶が睡眠を妨げると信じている人もいる。医学的根拠はあるような、ないような。だから自分の好みと感覚でいいのに、と思っている。

要は大したことではないのだ。普通なら……。

もっとも、私は友達と外国に行く時、私が飛行機を選ばなければならないような場合には、少し嫌な思いをする。もちろん出発日は、二人が関係しているさまざまな社会的要素にも動かされている。二人のスケジュール、週末を入れるか入れないか。何日までに日本に帰って来なければならないか。だから、私一人が旅程を決めるのではないが、これでもし飛行機が落ちたら、私はともかく、私が同行者を死に追いやったような気がしないでもないからである。

しかし多くの場合、或る人の行動の結果起こることはすべてその人の責任である。もしその人が自分の行動を決めなかったとすれば、それは決めなかった人が弱かったからなのだ。

選ぶことは生きること

子供の時には、小さなことを決めるのに、民主的に合議らしいものによって決定する事がある。すると女性はそれをいいことに、自分の意見を言わないのである。つまり怖くて言えないのだ。人から自分が何と言われるのかが恐ろしいから、おとなしい人と言われるのを目標に、大多数に従う。

この範囲なら、別に被害はないように思う。親たちの間で、その娘さんの評判が出れば「あちらのお嬢さんは、穏やかで、いい性格の方らしいですねぇ」ということで無難に終わる。

しかし私は昔から、どうしてもこういう人と仲良くなれなかった。危険でも突拍子がなくても、自分の意見や好みを持つ人と仲良くなった。

その背後には、いささか突飛かもしれないが、勇気の問題がある。勇気などというものは、例えば前線の軍人（つまり男）だけに要求される性格で、女性には不必要なものと思われている節があるのかもしれない。

勇気の定義はいろいろあるけれど、人とは違う人生を選びます、という意思表示である。それが前線において真っ先に敵陣に飛び込む軍人のような資質を示すことにもなり、デザイナーなら、かつてファッション界になかったような奇抜な衣類の色や形態や材質を選ばせることになるのだろう。

戦後の教育は勇気というものを教えない。勇気とは、我々が、何に殉じて生涯を終えるか、ということの選択なのだ。勇気はギリシャ語で、「アレーテー」というが、それは「徳」という意味を持つ。勇気のない人には「徳」もないのだ。かつての教育は、天皇のご意志とは別に、陛下のために戦って死ぬことを要求された。しかし今では、私たちがこの僅か百年の人生で、何を選んで死ぬかは、自分自身の選択に任されている。自分で生き方死に方を決める他はないのだ。

数年前、或る広告代理店に勤めていた優秀な女性社員が、過労自殺した。しかし私は彼女の背後にも、何人かの犠牲者がいただろう、と感じている。

それらの人たちは、自殺する前に、自ら会社を捨てた人たちだ。このままでは体がもたない。死ぬくらいなら、こんなに世間からはいいと思われている会社でも辞める、という選択をした人たちである。これらの人たちは、週刊誌くらいはタッチしたかもしれないが、死ななくて済んだために、決してニュースに登場しなかった。それは彼らが、運命に逆らい、自ら身の安全を守るという選択をする勇気を持っていたからである。

喫茶店で何を飲むかから始まって、私たちは最低限、目の前で迫られる選択を片端から決断していかなければならない。

私はマーケットへ食材を買いに行く前に家族によく体裁のいいことを言う。

「最近、おいしそうなしめ鯖が出てるの。今日はあれを買ってくるから、楽しみにしていてね。今は鯖の時期だしね」

などと散々言っておいて、行ってみると売っていないことだってよくある。すると私は家族の期待をごまかすために、嘘もつかねばならない。

「鯖があまりよくなかったのよ。だから鯵のフライにしたわ。大きさもちょうどいい鯵だったしね。男はやっぱり鯵フライなんだって言うから……」

家に一人でも男性がいようものなら、「男はやっぱり鯵フライ」なる言葉が正しいかどうかも考えずに、それで済まそうとする。しかしそれも一つの決断であり、選択なのだ。つまり家人を適当に騙す、納得させるという技術である。納得はさせないよりさせる方がいい。

こうした選択の技術を子供は幼い時から、兄弟や友達によって教えられる。二種類のお菓子を目の前に置かれて、どちらがおいしそうかわからない時に、さっと兄に一方を取られると、それではっきりと、自分はそちらの方が欲しかったのだ、と認識させられる。つまり失うという運命がないと、得たいものもわからない、という悲劇も必須のものなのだ。

子供の時から、日々私たちが直面する選択や決断というものは大したものではない。和菓子を出されて、「こちらは漉し餡、こちらは粒餡です。どちらがお好きですか」と言われるくらいの違いだ。私のように甘いものをほとんど口にしない者にとっては、どちらだって大した違いはない。

しかし決めねばならないのである。漉し餡と粒餡と、二つのお菓子を取ったら、仲間にやっつけられる。


目的地に行くのに、二つのルートがあることなど、東京の交通網ではざらだ。その場合、運賃の安い方か早く着く方を選ぶ人が多いだろうが、途中でひどく混雑する駅で乗り換えねばならないから、あそこは通らない、という人もいるようだ。ことに私の同年配の高齢者などは、渋谷という若者の街には寄りつかないようにしている。道の真ん中で立ち止まって喋っている若者が邪魔で危険で歩けないから、渋谷は避けるという知恵である。

しかし楽な方のルートを採ったがために、そこで思わぬ事故に遭うことだってある。私は都会の喧騒からは少し遠く外れた土地に住んでいるが、その私鉄の駅で、数年前には、人身事故を含んだ大きな犠牲が出た。今でもその理由がわからないほどの不思議な事故だ。

だから、本来人間には「良き方を選ぶ」という目はない。しかしそれでもなお人は、選んで生きなければならないのである。

前回の東京都議選の場合、私はその立候補のうちの一人も個人的に知らなかった。それでも投票をしなければならない。私たちは一日のうちに、何度選ぶという行為をしなければならないのか。私は朝の食事が終わると、すぐ昼食に食べるもののことを考えているのでおかしくなる。

そもそも動物としての人間は、空腹を感じてから、初めて食べもののことを考えてもいいのに、と思う。そこに時間的未来を思考することには意味がある、という人間の特性が加わってくる。

サンフランシスコ国際空港での忘れ難い思い出

私の記憶には、つまらないけれど温かい思い出がこびりついている。私は足を怪我（けが）した後、間もなくアメリカに行き、サンフランシスコの空港で途方もなく歩くことになった。空港内の動く歩道の大半が壊れていたのである。現地に住んでいる日本人の友人が、アメリカは故障個所をなかなか修理しない国であると教えてくれた。公衆電話も壊れたままだ。電話の中に充分に硬貨が溜まると泥棒が盗んでしまうので、修理をしないのだと教えてくれた人もいた。

余計な話だがそのような非効率的な空港に限ってまた、優しい人がいるのである。

私が足を引きずって歩いていると、止まったままの動く歩道を修理している作業服のおじさんが声を掛けてくれた。

「車椅子に乗った方がいいよ」

「だってどこで頼むの？」

もちろんただだろうが、押してくれる人を頼むことで、人手も要るのである。

「すぐそこに車椅子の溜まり場があるからそこで頼むといいよ」

「でも私は怪我はしているけど歩けるのよ」

「搭乗口は何番だ？」

「102番」

「それは結構遠いよ。車椅子の方がいいよ」

私はおじさんの言うことを聞くふりをしていたが、実は初めから歩くつもりを変えていなかった。出発まではまだたっぷり時間があるし、私は怪我の後の歩行訓練の必要性を感じていたのである。車椅子の「駐車場」で私は、停まっている車椅子の台数を数えた。記憶がもうアヤフヤになったが、七十数台もあったと思う。

ものごとの評価というものの個人差が、こんな光景にも出ている。しかし個人のはっきりした好みの選択があれば、そこで思わぬドラマにも出会えるし、アメリカの空港は、故障個所ばかりで不愉快なところだという、一方的な悪評を信じなくても済むのである。

第４話

代償を払うという覚悟がなければ何一つ手に入れることはできない

「アフリカに孤児がいない」理由

　昔、英語で読んだ本の中に「すべてのもの（事）には、代償を払わねばならない」という文章があった。もうその本の題名も、著者も覚えていないのだが、その部分だけは、今でもはっきり記憶に残っている。

　当たり前のことなのだ。キャンディーを一箱買ったら、その代価を払って店を出なければ、万引きと見なされる。人を雇ったら、契約に基づいた労賃を払わねばならない。

子供の時、私たちは小さなことを手伝った。朝、新聞を取って来たり、母親の育てている鉢植えの花にジョウロで水をやったりした。家庭内では、それらのことは当然と見なされたが、たまたま祖母などが泊まっていると、私のこういうお手伝いを見て、「はい、これはお駄賃」と言って僅かなお金をくれることがあった。何に使ったのか、記憶にもないのだが、大変嬉しかったものであった。労働とお金との関係はそのようにして、子供の中に植えつけられたのであろう。

しかしこの基本的な関係は、世界的には守られていない。もう十年以上も前、南米のボリビアの地方都市へ行ったことがある。仕事を終えて、ローカル線の飛行機で首都へ戻る時、空港にカトリックのシスターが一人でいた。信じられないことに、彼女は私を待っていたらしく、「実はあなたにお願いがあって来ました」と言う。用向きを聞くと、彼女が働いている学校では、去年からもう半年も、教員たちに給与が払われていない。それで日本から少し援助をしてもらえないか、と言うのである。

当時私は、海外で働く日本人の神父や修道女の活動を助けることを目的とした「海外邦人宣教者活動援助後援会」の代表で、その資金がボリビアの貧しい村にも使われていたので、その「監査」に来ていたのであった。私は何年もかけて、お金を出した所が申請通りの目的にお金を使っているか、自費で調査して歩いていたのである。

私はそのボリビア人のシスターに、「あなたが働いておられる学校は私立なのですか、それとも公立なのですか？」と尋ねた。すると公立の小学校だと言うのである。日本で、公立の小学校の先生たちに対して、自治体が月給の遅配をするなどということは考えられない。それに、半年も月給が払われなかったら、教員の家庭はどうして暮らしていくのか。

一般に南米もアフリカも、家族の繋がりの深い土地である。困っている親族がいたら、一族が食わせる。家賃を出してやるとか、一人一カ月分の食費三千円を出してやるとか、そんな理詰めな話ではない。私はアフリカで「アフリカには孤児はいない」という言葉を何度も聞かされた。つまり親戚が引き取って食べさせる、というのである。

しかしこの美談にはからくりがあった。アフリカの多くの土地では直径五、六十センチはありそうなホーローのお盆に、その日の食事をのせる。すると、一家が一斉に手を伸ばして指で食べる。食べるにも順序があって、男性が先に食べ、残ったものを女性と子供が食べる、と言う人もあるが、私の調査は充分ではない。とにかくお盆の中のものがなくなれば、それで終わりだ。

日本では、孤児になった子供を一人引き取るとなると大変だ。夕食のおかずが塩鮭とすると、今後は毎食鮭一切れずつ余計に買わねばならない、と計算する。しかしアフリカの食事の方法では、そんな必要はない。お盆一杯作る食事を、そこにいる人数で割るだけだ。だからそこに孤児が一人加わろうが、食べるのが遅い離乳直後の子供がいて、ろくろく口に入れる間もなく、お盆が空になろうが、あまり気に留めない。だからこうした家の幼い子供は習慣的な食料の摂取不足のために痩せ衰え、医師は子供の分だけ別のお皿に取り分けて与えなさい、と忠告する。すると母親は「そのための（プラスチック製の）お皿を買うお金はありません。ドクターが買ってください」と言うのだそうだ。

話は脇にそれたが、だから政府が半年も月給の不払いをやっても、教師たちは親戚や知人のお情けで、飢え死にもせずにいるのだろう。私を待っていたシスターの話では、私立学校の方が経済的には恵まれている。子供たちの親たちは比較的裕福だから、月謝を払う。もっとも、カトリックの修道会の経営する学校で月謝の額を尋ねると、全部払う家庭もあれば、半額の家庭や、全く払っていない家の子もいる。規則はしばしば人情的に変えられる。そこが信仰に支えられた社会のいいところである。

私はそのシスターに、「お気の毒ですが、私たちは公立学校の先生たちの月給を肩代わりすることはできません。そんなことをすれば、政府はますますいい気になって、今後は恒常的に外国の援助組織にオンブすればいい、と思い、最悪の場合は役人がその予算をそっくり使い込むだけでしょうから」とその場で断った。それに近い役人の汚職は決して珍しいことではないからである。

目に見えない恩恵

私たちは誰もが、詐欺師とは言わないが、どこかおかしい人に会ったことがあるだろう。つまらない例だが、「今度のクラスメートの集まりは、お鮨の出前を取ってケーキを買って来ることにしましたから、二千円ずつ会費を頂きます」と通知してあるのに、世話人がお金を集め始めると、「細かいお金がないから、後で払うわ」と言って、ついに払わないで帰ってしまう。後日催促すると、「二千円送るのも面倒くさいから、今度会った時に払うわね」と言い、その後は世話人をそれとなく避けている。

こういう友人を二千円のために訴える人はまずいないが、しかしこの友人はまともな金銭感覚を持たない人として、自然に周囲から疎まれる。まず陽の当たる人間関係、社会組織の中央に置かれることはないだろう。結果として二千円をケチろうとしたために、恐らく人生で多額の経済的損失をするのだろう、と思う。

実はお金だけではない。私たちは社会からも個人からも、実にさまざまな恩恵を受けている。誰に御礼を言えばいいのかわからないが、私は常にお世話になった、と感じている。お金を払ったから買えて当たり前では済まない。アフリカの奥地では、日本の値段でカップラーメンなど買えない。材料なく、技術なく、工場なく、輸送のシステムなく、資本もないから、ああいうものの存在さえ人々は知らない。

医療のシステムだってそうだ。ことに日本ではお金があろうがなかろうが、救急車は誰でも乗せる。最近この安易さを利用する不心得な人もいる、というが、アフリカの救急車は誰でも利用できるものではない。まず電話のある地域でなければ、救急車を呼ぶことさえできない。呼ばれた救急車は、家族とまず値段の交渉をする。その費用はかなり高く、大抵の家族はそんな金を持っていない。すると、救急隊員は、誰か親戚に借りられないのか、と言う。家族は近くの親戚を走り廻るが誰もそれほどの額の持ち合わせはない。すると救急車は、病人が痛みにのたうち廻っていようが、出血が止まらないままだろうが、そのまま放置して帰る。

十年以上も前だが、私は足首を折って救急車のお世話になった。病院で降りる時、我が夫は非常識人だから「おいくらでしょうか」などと聞いている。怪我人の私がはずかしくなった。隊員の方もそんな質問を受けてびっくりしている。それが日本なのである。

残念な女性

しかし——そこで最初の命題に戻るが、私たちは自分の受けるすべての「できごと」に対して、それ相応の対価を払わねばならない。そのことに対する覚悟が足りない女性を時々見かけることは私の一種の悲しみである。恐らくその女性は美人だったり、何か特技があったり、社会的に上流階級に属していたりして、周囲の人たちがすべて彼女の要望には応えてくれていたのだろう。彼女は、運命に代償を払うという当然の厳しさに馴れないのである。

五十歳を過ぎてから、私は度々アフリカへ行くようになったが、気楽に知人を誘うこともあった。私は、六十四歳から七十三歳まで勤めていた日本財団（当時の日本船舶振興会）の企画で、そうした途上国に行くことも多かったが、外部から自費で参加したいという人を同行させることは拒否しなかった。新聞社やテレビ局だけでなく、私の知人の出版社の編集者を誘うこともあった。

するとと主に女性からだが、質問を受けることもあった。

「怖くないですか？」

「危険はありませんか？」

「暑くないですか？」

「マラリアはないんですか？」

「テロはないんでしょうね？」

答えはほぼ同じようなものであった。「まあ、怖くはないでしょうね」「危険はありますよ」「暑いですよ」「絶対にないとは言えませんね」「テロはねぇ……まあね……」

それらの災害にあまり遭うことはないと思うから、私はこういう旅の企画を立てていたのだ。しかし、全くないとは誰も保証できない。それらの僅かな危険を覚悟し、それに備えるような必要性のある旅だからこそ、私にとっては学ぶことが多かったのである。マスコミ風に言えば、それだからこそ、彼らも他社の記者には書けない記事が書けるはずである。

しかし私の誘った女性たちの多くは、危険を冒すことを嫌がった。男性でもイスラム圏の国ではお酒が飲めない、ということだけで断った人もいた。いや、本音は私と行くのが嫌だったのかもしれないが……。

しかし多くの男性たちは、仕事のためには仕方なく、暑さも食事のまずさも、生活上の不便も耐えしのぶ。それらの代償を払わなければ、何一つ手に入らないことを知っているのである。

私は根っからの男女同権好きである。だから女性にも、この原則を覚悟してほしいのである。

第5話
現実をよく眺めることが人生を深く味わうための条件

現実は常に貴重な意味を持つ

三月末の最後の週日に、車を運転して霞が関を通った知人は、混雑に巻き込まれて、帰宅がうんと遅れた。私も一時期、虎ノ門にある日本財団に勤めるまでは、そうした社会現象に全く無理解であった。しかし非常勤ながら、中央官庁に近い事務所に勤めてみると、年度始め・年度末や年末や新年に、その区域の道が混む理由がわかるようになった。

日本人は、その時期、関係官庁に挨拶に歩くのである。自分の勤めている会社や団体に関係のある部署の長に挨拶をするのだが、目指す相手が席にいなくてもかまわない。その時のために、名刺に「新年御挨拶」とか「着任御挨拶」などという赤いハンコを押したものを、ちゃんと用意している。相手がいなければ、隣の机の人にちょっと声を掛けて、自分の名刺を相手の机の上に置いてくる。

こうした日本的習慣のために、霞が関中の人と車が右往左往しているのだが、それは盆踊りと違って人の眼につくことはない。ただ私は、社会の潮流の底に潜むこうした動きを知らないで過ごす女性たちの多くの生活は、どうしても損をしているように思えてならない。

そのこと自体は、つまらない習慣だ。しかし勤めたことのない人は知る機会がない。一方、勤め人の男性たちは、家にいる妻たちが三百六十五日おかずを作っていると、或る時、明日はもう何を作ったらいいかわからなくなるという心理を体験することができない。この場合、サラリーマンの男性には或る種の体験の貧しさがあるのである。

私もその一人だった時期があるのだが、知識の内容が即ちその価値であるように思っている人がいる。私の子供の時代には親もそうであった。子供が、タレントや歌手の噂話や私生活に夢中になったりしていると、「そんなことに時間を取られずに、文学や歴史の本でも読みなさい」などと、功利的なことを言う。

つまり古典やよく知られた文学者の書いた小説を読めば、そのために費やした時間は生き、反対に十年も経てば全く意味のなくなるような事実にとらわれて日々を過ごしていると、自分の中に蓄積するものが減ってしまう、というふうに考えたのである。

しかし最近、私はそんなふうに考えなくなった。史実も、昨日今日起こったことも、その人にとっては確実に一つの現実だ。そして現実は常に貴重な意味を持っている。それをその人が確実に、感覚的に受容していれば、の話だが……。

雑事はすべて流動し、変化し、消えていくものだが、その途中に、必ず何かのインパクトを与えている。その刺激は、必ず或るエネルギーを持っているのだ。だから人は多くのことを知った方がいい。それにもかかわらず、その知識の取り入れ口を狭め、むしろ取り込むことを拒否する女性が多いことも否めない。「そんなこと、何が面白いのよ」「知ったって役に立たないじゃない……」というのがその理由だ。

しかし或る期末に、普段の日は霞が関を黒塗りの車か徒歩で移動している男性たちの何十パーセントかが、特定の日には、必ずご挨拶の目的別のハンコを押した名刺を持って、霞が関を歩き廻っているという背後事情を知れば、「男」または「男の一生」について、少しは別の見方ができるかもしれない。

功利的な発想ばかりでは世の真相はわからない

人間理解ということは、その性格のプラス面もマイナス面も込みで知ることだ。長い人生において、多くの人がプラス面を生かして、生き延びたり出世したりしてきたように思われることが多いが、中にはマイナス面によって生かされた人もいる。勤勉な仲間は、冬山での強化訓練に参加したのだが、「彼」は怠け者だったので、寒くてきつくて疲れる山の訓練など真っ平だと思った。彼のようにさぼったために、雪崩に遭わなくて済んだという人は、今まで何十人何百人と存在しただろう。

私が心密かに「名刺配りの日」と命名している日のことを、全くの無駄と思っている人もいるだろうが、その日の存在は出世のためにも「要る」と思っている人もいるだろうし、ただ単に面白がっている人もいるかもしれない。

その外側に、私のように、密かにそんな日のあることを知って、その目的の功用性を疑っている人間もいる。人それぞれだが、いずれにせよ、この世に起こっていることの真相は、できれば知っておいた方がいい。

しかし女性には、自分が知らなくて済むことは、全く知ろうとしない人が多い。「私、そんなこと知らない」と言えば、大抵の男性は話題を間違えたのだろう、と思ってその話にふれるのをやめるし、女性が返事をしない、聞き返さない、退屈そうな顔をする、アクビをする、横を向いて他の人と他のことを喋る、などという態度を見せれば、ああ、この話題はこの人向きではないのだ、と察して、それ以上、その場に不向きな話題を続けようとはしないだろう。

　他人の世界に対する興味という点では——別に数字に表せるような計測法や指数があるわけではないけれど——女性は明らかに男性より感度が低い。つまり好奇心が薄いのだ。

　それは何のため？　どうなってるの？　それをやるとどういういいことがあるの？　それはどこで手に入るの？　誰が得をして、誰が損をするの？　というような無限の疑問が湧かないのである。女性は功利的な性格だからだろうか、知ることによって得をする面がはっきりしていないと行動に移さない。

　世の中には、この先どうなるかわからない、やってみなければわからない、では困る、という考え方がある。それが命に関わるようなことだと、なおさら無責任なことも言ってはいられないことになる。昨年、雪上歩行訓練中の高校生たちが雪崩で亡くなった。雪崩は果たしてその斜面で起こるかどうか、行ってみなければわからない、というようなことでは、引率者の資格が問われるのだろうが、雪崩の起こる場所がすべて正確にわかるようだったら、雪崩の被害者もゼロになるはずだ。

しかし世の中は決して、そんなふうに理屈通りにはならない。体験は予測を上廻る。だからそこで、絶望してはならない、とも言えるし、安易な夢を持ち続けてはならない、ということにもなる。

ただ、身のまわりに起こる一刻一刻に、私たちが目にする光景は、まぎれもなく教訓的だ。病院の待合室に座っているだけでも、その前を通る人々――医療関係者と患者たち――の姿を見ることができる。そしてその一つ一つの挙動によって、今、その人の置かれている立場や、苦痛や、安堵や、疲労の度合いや、悲しみや辛抱を推測することができる。それはただ単なる社会現象ではない。私たちの心を複雑にし、人間理解を深めるように教育してくれている生きた教材なのである。

その背後には、どのような人の生も存在も大切なもので、私たちはそのための理解を続けねばならないという「命令」のようなものも感じられる。

ただ学校に行き、ただ勤め先で働き、ただ楽しみのために友人たちとスキーに行ったり買いものに行ったりして楽しんでいればいいというものではない。私たちは、どのような時にも、周囲をよく眺め心に留め、人間について深い理解を持てる人になっていたい。

眼の手術で人生の見え方が変わった……

私は生まれつきひどい近視で、どんな眼鏡をかけても完全には視力を矯正し切れなかった。私が社交を恐れ、一人、家に閉じこもって書いていれば済む作家という仕事を選んだ理由の一つは、そのためである。

しかし五十歳の時、必要があって眼の手術を受けた後、私は急に、かつてないほどの視力が出るようになった。眼内レンズや眼鏡なしに、私は電車の向かいの席に座っている人の靴の僅かな汚れも見えるようになった。

それまでは、家にしばしば来てくれる「知人」の顔もよくわかっていなかったのである。それなのに、今初めて会った行きずりの人の生活まで、見えるような気がし始めたことに私は感動し、食欲を失うほどであった。五十年間、私は他の人も、その人の人生も見てこなかった、と思った。ＪＲの車窓から見える一軒一軒の家に、深い喜びと悲しみを抱いた生活があることを思うと、私はいくらでも小説を書けるような気がした。この話をすると、親友が笑った。

「あなたの取材は安上がりでいいわね。飛行機に乗って外国まで行かなくてもいいわけね」

本当にその通りなのである。

若いうちから、実際によく見える視力のある眼と、外界を理解する柔軟な心を備えたかったのに、私の場合は、いくらか時差ができてしまったのである。

人生をよく眺め、それを味わう能力を持てば、自然にふくよかな人になれる。人生を味わう能力には、謙虚さも要るかもしれない。そして人生を味わえる人になれば、性格的魅力も会話力も自然に上がるのである。

第6話

「一人で何ができるか」を問うことで生きるに値する人生が見えてくる

生きるために必要な業をどれだけ持てるか

二〇一七年二月、夫が亡くなった。一人暮らしを始めて、まだ一年半ほどしか経っていない。もっとも、私の場合、一人暮らしと言っても、昼は秘書が雑用をしに来てくれ、夕方からはお手伝いの女性とお喋りする時間もある。それから、並べて書くのはいけないのだが、今うちには「直助」と「雪」という牡と牝の猫がいる。私は時々「雪」を抱いて寝ている。「雪」が真夜中近く、私のベッドに勝手に飛び込んで来ると、そのまま眠っているからだ。

だから一人ではないのだが、家族を失ったことは間違いない。息子夫婦は昔から関西に住んでいるから、私の一人暮らしは馴れたものだとも言える。

しかし先日右の鎖骨を折った後はずっと不自由なまま暮らしている。右手が自由に使えなくても、「何とかなる」と思ってはいたのだが、意外にできないことがある。寝る前にテレビのリモコンをベッドの下に落とした。それを拾えない。服を選ぶのは簡単なのだが、クローゼットの奥の方から、片手だけでは力がなくてハンガーを引き出せない。湯桶を左手だけで扱うのも、うまく扱えなくてあまり気分のいいものではない。しかし左手一本は無事なので本当に助かった。入浴も何とか一人でできる。お鍋も扱える。

何とか生活をカバーして生きる時、人間は工夫するから一種の楽しみも生まれる。

昔は私の年ぐらいにもなる親に、一人暮らしをさせるようなことはなかった。独身の娘がいれば、その娘と住み、普通は長男の一家が同居した。

初めは息子と同居していて、その後、息子が地方の支店などに転勤になるという、家族の生き方の変化を経験した人もいる。そんな場合でも、息子一人が月曜から金曜まで転勤先に赴き、その間、息子の妻は東京に残って姑の面倒を見ることさえあったのだ。

一人暮らしについては、本当にその状態を自由と感じている人もいるし、そうでない人もいる。私の年ぐらいの親たちの中には「一人暮らしほどラクでいいものはないわよ」と実感している人もいたが、何となく、自分の体が弱れば、子供夫婦と同居することを当然と思っているらしい人もいた。どちらにも理屈がある。

私も二通りの考えに分裂してしまう。夫婦の単位を大切に思うべきだから、転勤になった息子夫婦は、揃って任地に行くのが当然だという常識論と、年をとった親を一人放置するのは残酷だという見方である。

もちろん、一人暮らしになっている親が老父で、お粥の煮方も知らない年寄りだったら、一人にしてはおけない。女手なしには毎日のご飯もまともに食べられない、という老人が昔は確かにいたのだ。

しかし私はそこに、老人の甘さと油断を見ないでもない。人はどのような運命に立たされるかわからないものなのだから、それに備えておかねばならないのである。

そもそも人間は簡単な食事の用意、掃除、洗濯、衣類の管理くらいは自分でできるように教育されているべきなのだろう。男だから家事ができなくてもいいということはない。それが人間の生きる基本なのだから、すべての人は、男女、年齢にかかわらず生活の基となる能力だけは持っていなければならないし、男の子を持つ母親は、息子をそうした「普通の人間」に教育して世の中に送り出す義務がある。そうでなければ、子供に教育を施しました、とは言えないことになる。

それと同時に、女の子にも軽い力仕事、釘や板を使う大工仕事、ペンキ塗りくらいは大した抵抗を覚えずにやれるような訓練も与えておく必要があるだろう。

いつの時代の話かはっきりしないのだが、アメリカの映画には時々、村祭りのような場で、男に伍して、一人の娘が、荒れ馬を集めたり、射撃の腕を競ったりする場面が出てくる。もちろん現実にそういう娘はなかなかいないから、一つの憧れとして映画のストーリーにもなるのだろうが、私の考えの中にも、いつもその手の理想の女性像がある。

つまり女性も、一人の、男と同等の人間として、生きるために必要な業はすべて持っていた方がいいとする考え方である。女だからできない仕事というのは、力仕事以外にはないのではないかと思われる。

その真反対にあるのが「女性の地位を高めるための、女性の集会」を企画するような姿勢だ。男女同権を口にする女性たちほど、こういう催しが好きだ。私は若い時から、男と女は向いている仕事に特徴はあっても、能力としては同等だと思っていたから、「女性のための」という限定をうたう講演会や催しには出席しなかった。女も、人間として進歩すればいいが、女性だからと限定しなければならない問題や要素は、私が働いて来た社会には見られなかったからだ。

ことさらに性差をうち出さなくてもいい。人間として立派になるということは、社会の一員として有用な人物になることである。

社会の中にもいろいろな職業がある。お鮨を握る人も、看板に絵や字を書く人も、税務署に勤める人も、一人として要らない人はいない。泥棒がいていいわけはないが、窃盗という行為をする人がいるから、防犯の装置や警察の機構も整備された面がないとは言えない。

というような暴論を吐けば、私たちも泥棒になって社会の仕組みの進化に役立てばいいことになるが、もう少し近道をして、いいことだけ役に立つ方がいいから、親たちは私たちに教育を施し、私たちが人を不幸にするような悪の道に迷い込まずに生きていけるようにしたのである。

いつか或る雑誌に「自分と気の合わない人を憎まないようにしよう」という項目があった。男にも女にもあることだが、性格が違う人は「悪い人」のような気がする時があるのである。

砂漠で出会った地球

私は遊びで手相を見ることがある。若い時、手相の本をかなり読んで、見方を覚えた。「当たるも八卦、当たらぬも八卦」とは本当に知者だから言えたことだと思うが、世の中のことはすべてそのようなものだ。

手相の勉強をすると、まず自分、それから家族の手相を見て遊ぶ。そのうちに、典型的な線の意味や傾向を覚えるのである。手相には知能線と呼ばれる線があることになっており、その線が上方、つまり指の方向に向いているのは実利的で現実的な性格を示し、掌の下の方に向いているものは、夢想的な性質の人であるということになっている。そしてその傾向は大体において当たっている。

しかしこの知能線が人と違って二本あり、一本が現実を重視する性格を示して指の方向に流れており、もう一本が夢想的な資質を示して、掌の下方を指している人がいる。こういう人は、『夢想的にして実利的な人』になる。どちらが本当の性格かよくわからない。

手相の話だから、私は気楽に書いているのだが、現実にもそういう人がいる。普段の生活の中では、スーパーの大売り出しの日を忘れないような暮らしをしているのに、五十歳近くになって突然、大学時代の友人とヒマラヤに出掛けてしまうような人は現実にいるのである。それまで常日頃、十円でも安い店で物を買うような暮らしをしていたのに、突然登山の費用に、何十万、何百万というお金を払うのだ。

彼女自身「そんなことをするのは、一生に一度よ」と言っているというが、そのお金は彼女が現実に、何十年かかって家で少しずつ貯めていたものなのだろう。昔はそういうお金のことを「爪に火をともして」貯めたものだ、という言い方をした。

実を言うと、このようなお金の使い方を女性はあまりできない。一生に一度、手持ちの大金をすべて注ぎ込み、それが数十日で消えるような大目的がなかなか見つからないのと、女性はケチで、その手の決心がつかないのと両方の理由かもしれない。

しかし大きな人生の目的を果たすためには、大金が要ることもある。この目的は、まともな調査や研究から道楽と言っていいようなものまでさまざまある。

私の生涯の道楽は、旅行だった。行った土地について首尾よく作品に書くことになれば「取材旅行」、行ってはみたけれどどうも……ということになれば、遊びだったと思えばいいし、事実私はこの二種類の言い訳を、けっこう上手に、狡く使い分けていた。

私が最も贅沢をしたのはサハラ砂漠の縦断だった。来る日も来る日も何一つ景色に変化がない。そして人家一軒見当たらない。全く水がないから、住んでいる人は一人もいないのだ。そうした文字通りの砂漠を含む三千キロあまりを、四輪駆動の機能を持った車二台で走ったのである。ガソリンスタンドもないから燃料はすべて自分で持っている。燃料が切れれば、最悪の場合、死ぬ他はない。

その話をすると多くの人が、「そんな退屈で危険なドライブをするくらいなら、ヨーロッパ一周をした方がいいじゃない」と言うのである。全くその通りだし、砂漠の縦断は、車輛まで特殊仕様にしなければならなかったから、レンタカーでかなり贅沢にヨーロッパ一周をするより、お金がかかった。

しかし、数百キロの彼方まで、一人として人の住まない空間というものを、我々はなかなか体験できない。人のいない空間の主は、当然人間ではなくなり、昼は風と砂の、夜は星と暗い砂丘の支配する世界になる。これは、それまで私が見たこともないような夢幻的な空間であった。満月の夜、あまりの月の眩しさに、野営をしている私は、航空会社がくれたアイマスクをしなければ眠れなかった。そしてこういう月光を受けて眠る夜を過ごしただけで、私は「生きるに値した人生を生きた」と言えるし、納得して死ねるだろう、と思ったのである。

現世の物質的な贅沢が好きな人は、こんなもののために私が、当時なけなしの貯金をはたいたということが信じられないだろう。

しかし私は、砂漠の夜の途方もない空漠なる地表と、あまりにも壮麗な夜空を見られたことを、この上ない贅沢だと感じたのだ。その手つかずの地球の素顔のために、私は自分の時間と、いささかの危険とお金を捧げても悔いない、と思ったのだ。

地質学者たちは、深い渓谷を見ると、地球の深層まで見られたことに感動するという。人間は誰でも自分が立っている場所、愛しているものの真の姿を見たいと思う。そしてその事実にさらに深く関わりたい、と願う。だから自分が学んだ学問の分野を生涯かけて追究し、自分が手を染めた技術を一生涯深めようとする。

私は砂漠で自分の住んでいる地球に出合った。真の夜の顔も見た。それで私の夢は果たされたのである。

第2章 「幸せ」をつくる力

第7話

人が本当に贈りたいと思うものは〝幸福感〟

喜ばれる手土産

改めて、お金のことでもないが、女の子は、幼い時から「お菓子でもお洋服でも」人からもらって当然という暮らしに馴れて育つ。

「ありがとうを言いなさい」

などと親に言われる前に、

「小母(おば)ちゃん、お洋服ありがとう……とってもきれい」

などと言えば、

「何てきちんとご挨拶できる子でしょう」

と逆に褒められる始末である。

人間は物をもらって嬉しくないわけはない。

近年でこそビジネスで初対面の人を訪問する時、手土産を持っていくのはワイロに近い意図が見え透くようでやめた方がいい、という判断が一般化して来たが、アフリカの奥地の村などでは、村長さんに会うのに手ぶらで行く人はいないだろう。

もっとも、私は日本財団に勤めていた時、さんざんアフリカの各国を訪れて、初めのうちは、手土産の習慣も知らず、随分ヤキモキした。現地は、長時間ひどい悪路を車で行った先で、文明のかけらもない村である。それとなく案内人に訊くと、やはり初対面の村長さんのような人に会うなら、プレゼントはあった方がいい、という。

電気も舗装道路もない僻村まで来てしまった以上、どこかでお菓子を買うわけにもいかないから、私は自分がしていたイヤリングをはずした。色は金色だが、金とは無縁の安物である。ただ幸いにも、まだ錆は出ていない。埃をきれいに拭いて、贈答用の袋も箱もなかったが、ティッシュに包んで差し出せばいいという。

　日本人は近年不自然なほど、人に物を贈るのをやたらに恐れている。しかし世界的には、まだ手土産を持っていくのが普通なようだ。ゲリラは事を起こす前に、手土産を差し出したりしないのだから、少なくともその意図は平和的、友好的と解釈されるのである。

　近年、昔からの手土産に当たるものがなくなってしまった。母が幼い私の手を引いて、盆暮れに親戚の家へ歩いていた頃、手土産の箱の中身はカステラか卵だった。カステラは当時から文明堂が知られていた。卵は、まだプラスチック製の容器がないから、もみ殻を入れた贈答用の箱の中に埋めて運ぶのである。

　果物もウイスキーも贈答品ではなかった。果物は「水菓子」と言い、苺など今ほど一般的ではなかった。バナナは憧れの食物ではあったが、子供が食べるとお腹を壊すかもしれない危険な食品で、柿もイチジクも自分の家の庭でなるものだから、プレゼントとしては考えられなかった。東京に住宅が混んで来て、庭のある家が少なくなり、果物の木も自宅には生えていないのが普通になって初めて、柿やイチジクが贈答用の品物として昇格したのだと思われる。

他家にプレゼント用として贈る価値があると考えられている果物は、時代によって大きな変遷がある。苺は贈答用として最も手頃な品として喜ばれる。次に水蜜桃と呼ばれる日本の桃と、日本の林檎（りんご）が世界的に名を売った。

水蜜桃の時期に、東南アジア路線の東京発の飛行機に乗ると、必ずこの傷つきやすい桃の箱を大事そうに持った男が乗り込んで来る。バンコク、シンガポールなどの知人や親戚に、この世界一と評判の果物を届けて驚かせたり喜ばせたりしたい人たちである。桃は何重にもさまざまな種類の紙に包まれ、皮肉を言えば「これは食べてはいけません」と言っているかのように大切に扱われている。

日本の農業は素晴らしいもので、ここ二十年ほどの間に、私は劇的な変化を体験した。或る年、私は日本の東北とアメリカから一箱ずつサクランボをもらった。どちらもおいしかったが、アメリカのサクランボの方が一廻り大きく、甘みも強かった。

しかしその翌年、日本のサクランボは劇的な変化を遂げた。アメリカと競争して、それを抜いたかのように甘く大きくなったのである。一個人の私が、それぞれ知人から一箱ずつ贈られたサクランボの味が、一年間でそれほど変わることができるのか、私は不思議であった。品種改良というものは、ビスケットの味や形を変えるようには簡単にいかない、何年もかかるはずだと思うのである。

私は、大手の種苗屋さんがかき集めたガーデニング愛好家グループの会員になっているので、年に数回カタログも送られて来るのだが、そこには今年の「新製品」のような頁もある。「今年の新しい種と苗」である。新製品の創出の仕方を私は知らないが、望ましい特性を持った果物や野菜の種をかけ合わせて、新果物や新野菜を創るのだろう。小説を書くのもいいが、新しい野菜を創るのも楽しかっただろうなあ、と私は最近心が揺れている。

つまり大学で英文学などは学ばずに、農学部に行けばよかった、と少し後悔しているのである。学問は、実生活で役に立たないものほどいい、という人もいる。だから小説家になると決めていた私は逆に文学とは関係ないはずの法科に行ってもよかったのだ。小説を書くのにすぐ役に立つと思われる文学部ほど、実は小説の役に立たないものはなかった。皮肉なことに法学部出身者くらいしか読む必要のない特殊な月刊誌には、必ず短篇の種が二つや三つは法令として掲載されているのだ。それで私はその雑誌を取るのをやめた。その雑誌に頼っていると、あまりにも安易に小説を書けそうに思えたからだ。

人間だけに許される真の成熟とは?

世の中で起こることは、必ず前例がある。前例と似たような話を書いてはいけないのだとしたら、小説の九十九パーセントは成立しなくなる。だから前例や現実を踏襲することをあまり恐れる必要はないのだが、できれば自分の精神の中で生まれた恐怖や不安や喜びを書きたい、と小説家はしばしばしょって考えるのである。

　一家の中で、他の家庭と、物のやり取りの責任を負うのは主に女性である。あそこの家にはウイスキーと羊羹とどちらを持っていくべきかを考えるのはお父さんよりもお母さんである場合が多い。

　しかしそのために深く悩んでいる女性がいることにもなる。

　手土産の価値が、そのまま相手との付き合いの今後にも影響する、と考える人である。価値の指標をお金の多寡で決めるなら簡単だ。ウイスキーやブランデーを贈るなら、どんなブランドがいいのかは、値段から逆算して決まっている。現実のところマスクメロンなるものが果物の中で最も高いから、メロンを贈っておけば無難だ、と考える人もいる。

　しかし私の知人の母娘は、どちらもメロンが嫌いだった。

「何が好き？」と訊くと「蜜柑」と答える人たちである。

　死んだ夫も蜜柑が一番好きだった。彼は青春時代、ずっと蜜柑のなる土地にいた。それは旧制高校の学生生活が、太平洋戦争に重なり、学校は閉鎖されて、学生は全員工場に動員され、やがて、そのまま一番若い兵隊として召集された時期にぶつかっていた。それらの日々に夫がいたのは、蜜柑のなる土地ばかりだった。

単に果物に恵まれていただけではない。当時既に、日本は食料不足だった。それでも海に面した段々畑には蜜柑だけが金色の光を帯びて鈴なりになっていた。蜜柑畑の持ち主も、配給されるお米が若者にとっては少ないと知っているから、通りがかりの高校生には「好きなだけ食べていきなよ」と言ってくれた。

女性は、判断の基準を物質に置きやすい。一生、自分の意見を口にしない人で、何を目的に生きているのかわからない、という人も少ないし、蛇の出る土地へ赴任させられる可能性のある職業なら、役人も銀行員も嫌だ、という人はほとんどが男性で、女性はいち早く妥協して生きることを考える。

実は私にもそういう問答無用の感覚があって、閉じこめられる感覚のある社会にも、場所にもいたくない。

トンネルの掘削などもその一つで、切り端（きりは）と呼ばれるトンネルの先端には、太古以来一度も人間の目にふれたことのない地球の内部が目の前に立ちはだかっている。

背後で崩落が起こったら、私は真っ暗な空間に閉じこめられるのだ。

一時、私は土木の勉強をしていたことがあって、それでこのトンネルの切り端にもよく入れてもらっていた。私の背後には、きちんとコンクリートで補強のしてあるトンネルが坑口まで続いている。

こんな状態のトンネルは安全で、もう外界と同じだと土木の関係者は言うのだが、私は怖くてたまらない。もし地震でもあって、出口までの部分がつぶれたら、私は地中に閉じこめられるのだ、と思うのである。

人間が他人に贈りたいと思うものは、つまり幸福感なのだ。他人にあげるのだから、その人が必ずそれを喜ぶかどうか保証の限りではない。

しかし自分も幸福になりたいのだから、他人も幸福になってもらいたいと願うことは非常に人間的で優しいことだ。その時相手にどんな幸福を贈るか、ということは大きなテーマで、私はまだその百分の一も書いていない、という気がする。

相手をあまりにも愛しているので、自分は到底彼と結婚するのにふさわしい女ではないと考えた人もいた。彼女はそれ故に自然に身を引いて、彼の前から姿を消したのである。そんな捨て身な生涯を生きた女性も昔はいた。

今の人たちは「そんなことって考えられない」と言う。そして私もまた、そこまで自分を厳しく評価することはないと思う。

昔は結核など一生治らない病気と思われていた。だから、結核患者の自分は彼にとってふさわしくない女であり、身を引くべきだと考えたのである。

私は今、このような考え方に同調しないが、相手の幸福を第一に思うという姿勢にはやはり惹かれる。相手には相手の幸福がある、と考えられることは、人間だけに許された真の成熟なのである。

第8話

全人生の結果としての「会話力」は、耐える力、観察力、学ぶ力のたまものである

当たりさわりのない会話は難しい

「会話力」という日本語は、あまり一般化していないかもしれないが、「表現力」「財力」というような語が許されるなら、当然あってしかるべきもののように私は思う。

世間で一番理解されやすいのは、外見である。人間だって、家だって、犬だって、評価はまず見た目で行われる。売り出し中の住宅は、外見が気に入ったら中へ入って間取りを確認し、ついで材料や大工仕事の善し悪しを見る。

私は、近年犬を飼ったことがないし、品評会に出すほどの血統書つきの犬を手許に置いたこともないのだが、コンテストなどはまず見た目が大切なので、犬の性格とか、お利口の度合いとかはあまり問題にされないだろう。ピットブルと呼ばれる、気性の荒々しさが売りものの犬の性格などは、品評会の時、全く判断されないのだろうか。人間の膝に乗るのを好み、撫でられれば誰にでも喉をごろごろ鳴らすようなピットブルは(そんな個体はいないのかもしれないが……)つまりピットブルではないようにも思うのだ。

外見からは見えない力というものは、確かに存在する。並はずれて重いものを持ち上げる怪力男とか、幾桁でも暗算を続けられる頭脳の秀才とか、私たちの周囲には驚くべき才能の持ち主が、あちこちにいる。それほど特異な能力の持ち主でなくても、語学力とか、運動能力の面で、少し抜きん出ている人物なら、それほど珍しくない。

しかし天才は、やはりそうそうはいないものである。稀にしか存在しない才能を自分に望むのは、少しいい気なものだ。そこで私の言う平凡な、会話力という才能の出番が来る。

日本の親たちは、子供たちが食事の時にお喋りをするのを、あまり好まない。「お喋りなんかしていないで、さっさと（ちゃんと）食べなさい」などと注意する。最近、子沢山の家庭はごく少なくなったが、それでも狭い日本の家で、子供たちに一斉に喋られると（時にはケンカなどされると）、親も煩わしいと思ってしまう。だから黙って食べてくれる子供の方が、「おとなしくていい性格」だと思いがちになる。

しかし、外国ではどうもそうではないらしい。というのは、私は外国で暮らしたことがないから、外国の普通の暮らしというものをよく知らないのだが、中年になってから、仕事で外国のやや正式な食事に招かれる機会がかなり多くなった。そのような場合に周囲の人々のふるまいをじっと見ていると、自分の席の両隣になった人たちとは会話をするのが礼儀らしいのである。

礼儀にかなったふるまいをしている人は、その場であまり目立たない。服はそれなりに目立つ方がいいのだろうが、ご飯に交じった石粒のように、そこだけ沈黙がこり固まっているのも、また無礼なことのようだ。

欧米では、正式な食事の席は左右が異性ということになっている。日本では、女性は女性だけで集まることが許される場合が多いが、欧米人は、異性と喋る方が楽しい、と決めているようだ。だから、私たちは、必ず両脇の見知らぬ異性と言葉を交わす破目になる。

それが正式なことなのかどうか私にはわからないのだが、私は必ず自分の名前を名のり、「私は作家なのですが」と言う。多くの場合、作家という立場は好意的に受け取られはするが、或る場合には、そういう珍奇な仕事をしている女とは何を喋ったらいいのかわからないのか、それとも話をすれば必ずその内容を書かれてしまうと思っているのか、話の続かない時もある。

どちらの責任でもないが、いかなる場合でも、全く口をきかないという凍りついたような空気を作らないために、どちらからも話題を提供するのが分別のある大人のやり方だということになる。

「当たりさわりのない会話」というものは、実はそれほど簡単なものではない。

「今日は暖かでしたね」

という切り出し方は、穏当ではあるが凡庸すぎて、話を続けるしっかりした筋道が見えない。

「どこにお住まいですか?」

と聞くのも、初対面同士としては、いささか相手の世界に踏み込みすぎる。その夜、相手の家に強盗が入ったりしようものなら、私が犯人ではないかと疑われそうだ(これは冗談だが)。

犬の話が一番いい、と言う人もいる。

「今日、ここへ来る前に、犬を獣医師の所に連れていかねばならなかったので大変でした」はどうだろう、と私は考える。現実の私は犬を飼っていないのだから、この話題も実は使えない。しかし現実に飼っていたら、穏やかでいい話の切り出し方なのかもしれない。ことにその犬がバカだったり、大食いだったりする話をすると、大抵の人は和(なご)んだ表情になる。

「うちの犬の悪い点で苦労したことを話す度に、妹が言うんです。『あなたとそっくりじゃないの』。だから私は腹が立つんです」

こういう話は、ほとんどの人が好きだ。

「犬と飼い主は似ますすね。うちの犬は水をひっくり返す。妻もよくバケツをひっくり返すんです。防火用のバケツは一年中同じ所に置いてあるんですけどね」

会ったばかりの人に、こういう他愛のない妻の悪口を言う人ほど、多くの場合、夫婦仲は円満だ。

目の前の人に、金融詐欺にひっかかった話をするか、骨董の話をするか、シェイクスピアの話をするかを決めるのは、こちらの感覚次第だ。つまり短時間のうちに、相手を見極める才能を駆使するのである。

知性をひけらかすのは趣味が悪い

或る時、私の知人が、何の落ち度もないのに、銀行業務に通じた犯人の操作で、巨額の預金を引き出される詐欺にひっかかった。その人の夫人が入院中で、彼は銀行の窓口に行くヒマもなかったので、毎日のようにかなりの額のお金が引き出されているのを知る機会がなかったのである。

それから暫くして、私は詐欺の話をできるようになった彼と、外国旅行をした。旅の途中、或る国の首都で、日本の商社の支店長宅に招かれた時、私は思い切ってこの話を持ち出してみた。すると、「取り返す手立てをお取りになればいいのに」という話になり、男性二人は、連絡を取り合うようになった。帰国後、私の知人はその忠告に沿って動き、結局全額を取り返したのである。これなど食事中の話が現実の救済に結びついた珍しい例だが、食事中の会話というものは、まさに人生そのもののような濃密な時間になり得るのである。

そこで会話力、というものが問題になってくる。人が他人と、どんな会話ができるか、という能力のことで、この力があれば女性の場合、学歴も容貌も服装も問題でなくなるのである。

別に知的なことを喋らねばならない、というのではない。むしろ自分の知性をひけらかすのは、趣味の悪い人間だ。知っていることでも、幾分残された疑問の余地を、相手に尋ねるくらいの心の余裕があった方がいい。

しかし語るべき自分の世界がない人は困る。その世界は、平凡なものでいい。誰でもが生きられるような家族と社会の中で、誰もが持ちそうな疑問や不安やためらいを覚え、時にはうまく危機を乗り越えた、というような話をすればいいのだ。

会話は未来を開く扉

しかし、とにかく会話力は要る。

会話のできない人には未来が開けない。師を見つけるのも、救い手に巡り合うのも、旅に出る機会ができるのも、結婚相手に出会うのも、すべては会話から始まる。なめらかで充実した会話をできる能力というものは、その人のこれまでの全人生にかかっている。

会話力は、その人が過去どれだけ本を読んだか、いい友人を持っているか、普段の何気ない時でもしっかりと眼を開けて周囲を見ているか、というような姿勢にかかってくる。会話力は、全人生の結果なのだ。だから「付け焼き刃」ではできない。入試と違うのだから、別にそのための努力などしなくていいのだが、普段の生き方は大きく物を言う。

会話力を持つ人は、それだけで自分の他の特徴を消してしまう。その人が善人かどうかも、親戚に実力者がいるかどうかも、問題でなくなる。荒野で堂々と咲くアザミの花がみごとなようなものである。

荒野には風も吹き抜ける。家の中や温室とは違う。足許を野獣や野猫が踏んで通る。冬には雪も積もる土地である。しかしその中でアザミはのびのびと咲くのである。

会話力は、耐える力であり、観察力のたまものでもあろう。その二つの力さえ持っていれば、そしてさらに三つ目のものとして慎ましい気持ちを持って、絶えず周囲から学ぼうとする姿勢を崩さなければ、誰にでも必ず備わる才能のようにも思う。そしてその人の魅力を示す指数は、九割方、会話力にかかっているのである。

第9話
存在の基本は「一人で生きられる」能力にある

家庭の濃密な空気を伝える存在

子供は学校から家に帰り着くと、家の中に満ちている或る気配を感じる。試験の成績や通信簿が悪かった時には、家に帰るのは恐ろしいことだ。帰り着いて何分目くらいに、この結果を提出しようか、とさして効果のない戦略を考えたりもしている。

家庭では他に、物音や気配や匂い、といった形でも、誰かの存在が感じられる。秋から冬にかけて、私の母はよく大根を煮ていた。当時、練炭火鉢などという素朴な暖房器具があったので、その上にお鍋をかけておけば大根は自然にほっこり煮えるのである。

しかし大根には独特の臭気がある。大根の臭さは、他のどの野菜とも比較できないが、それは大根の持つ酵素のためだろう。「只今大根料理中」、という匂いは家中に広がり、それはほとんどの外国人にとって快いものとは言えないだろうが、家中に家族が共に暮らしている温かい濃密な空気を伝える。

その上、その匂いは、その家に誰か女性がいる、ということでもあった。多くの場合、それは「お母さん」であったが、お母さんでなくても九十九パーセントは女性の存在を暗示していた。つまり日本だけでなく、世界中の多くの家庭で、料理をする人は、自分のためでもあったが、主な目的は家族のためなのだ。だから料理人の女性は、一人前の量より、肉でも野菜でも多くの量を用意する。そのために時間も手数もかかるが、或る程度の量の材料を料理することが、おいしい味を作る基本だということを知っている。一人前だけの煮物をおいしく作ることは、不可能ではないが、その場合にも、下ごしらえのどこかの段階で、多くの材料からしっかりした味を取っている。

古代人間社会には、男性が狩りをし、女性が子供を育てながら、家で料理したり身にまとう衣服を作るという形が（さまざまな変形はあっても）、存在していたようである。とすると、女性の暮らしは多くの場合、一人ではなかったのだ。自分以外の何人かのための料理もするし、他の目配りもしていたのである。

だから、女性は男性に守られているという意味合いはなくても、自然に竈の前に座って家族の食事の準備をする任務に就く。温かい風景の一部だ。

もちろんこの「一族の風景」だって登場人物は終始入れ替わる。老世代はいつの間にか現世から退場し、代わって元気な赤ん坊が加わるようになる。ことに日本の都会のような夫婦単位の暮らしでは、この家族団欒の風景の中にいる人物の変化は激しく感じられる。総勢五、六十人もいる家族なら、誰か死んでも病気で寝ていても、赤ん坊の数が増えても、さしたる変化には感じられない。しかし三人の家族だったら、一人が寝込んでも一人が生まれても、それは目に見える大きな変化である。

ごく普通の家族の中にいる女性でも、生涯のうちに、家族の増減は意外と大きい心理的な変化として感じられる。

畳の青い部分が語るもの

或る時、経済的な大きな変動に遭って、家財まで売らねばならなくなった家の話が出たことがある。やや昔風の悲劇だが、家の中にある茶簞笥（だんす）や衣装簞笥まで他人に渡さねばならなかったケースだった。私自身はそういう悲劇を見たことはないのだが。

昔の少女小説に、お父さんが株に手を出して、一夜のうちに財産を失った家の子供の話があった。それまでその子は毎日お弁当に、輝くような黄金色の卵焼きと何か別のおかずを入れて来ていたのだが、家が貧乏になった日から卵焼きを入れられなくなったという設定の物語である。貧乏になった後のおかずとして残ったのは何であったか、私はよく覚えていない。

「お醬油をつけた海苔のご飯か、おかかご飯じゃありませんか？」

と、秘書まで推測してくれるが、もしかすると塩を吹いたような鮭一切れと沢庵だったかもしれない。

文学的な一つの表現として覚えているのは、箪笥まで売らねばならなかった家の例として、運び出された家具の下の畳が、くっきりと青く残っていた、という描写だ。今は畳の部屋が少なくなったが、昔はほとんどの家が畳の部屋で暮らしていたのである。

経済的に順調な間は、家族は、一、二年経つと畳替えをする。或る年に畳表を新調すると、翌年は、表と裏をひっくり返す。月日が経つと畳表は小麦色になるが、新しい畳は真っ青なのだ。だから新しい畳のうちに家具を置けば、その下の畳だけはいつまでも日焼けしないで青さを保つ。

私の家でも母が箪笥の位置を変えることがあった。するとその下の部分の畳だけは青いまま残っている。そういう日には、私は子供心にも落ち着かなかった。一つの部屋は、全体に畳の色も同じで、一つの運命と時間を共有しているべきだと私は思っていたのである。

畳の色一つにしてもそうなのだ。だから、家族の編成に変化のあることには、実は人はかなり大きな（望ましからぬ）刺激を受けているのである。

息子が東京の大学受験に成功して、郷里を出ていく。娘が隣町の青年と結婚して、お婿さんの勤め先の町に新居を持つ。どれもおめでたいことなのだが、変化を体験している家族にとってはいいことばかりではない。食卓に一つ空席ができ、子供の部屋があらかた空になっているだけでも、胸が痛む。理性と情は全く別ものなのである。

一人暮らしに還る時

別に男性、女性の差はない。人間は誰も中年、老年、それぞれの年代において一人になる可能性がある。それに備えることは実に重大な任務だ。

備えねばならない部分は、経済と心と、二つである。新しい生活を用意するには、なにがしかの出費も要る。だから、主に老後に備える貯金も必要なのだ。

しかし心の部分の方がもっと難しい。家族の人数が減るか、自分一人になる状態を受け入れることは、心を裂かれ血を流すほど厳しいことだが、多くの場合、それは人間の務めなのである。なぜなら生きるというのは変化そのものだからだ。子供が初めて友人の家に「お泊まりに行った」日のことさえ記憶している親は多い。もちろん親は、子供がその小さな冒険を楽しみ、順調にその家庭のしきたりに馴染んで一日を過ごして帰って来ることを望んでいる。

しかし他人の生活に溶け込むということは、とりもなおさず親に対する一種の裏切りだ。親にとって理想の子供とは、親の心情を理解して、いつまでも一緒に暮らすものなのだ。

一人になる方も、それなりに辛い。家族の人数が減るということよりも、完全に一人で暮らさねばならなくなるということは、大きな試練である。その試練なるものが、その人の悪い行為の結果や罰でなくても、そういう状況になることもまた、人生の複雑さだ。子供の独立を願えば、親は一人になる他はない。

どんなに仲のいい夫婦でも、一生二人でいられるわけはない。どちらかが先に死に、一人が残る。

結婚してから長い間、一人暮らしの現実を忘れていた女性が、再び一人で生きるようになるのだ。一人暮らしの多くは、十代の末か二十代の初めからのことである。その後、何十年という結婚生活の後に、改めて一人で暮らさねばならない時、それに順応する生活技術と、その意味を納得することは、至難の業なのである。

しかし、仲が悪いか、夫が気難しい性格だったかで、夫の死後、解放されたように生き生きとしている女性は多い。夫が何も家事をしない人だったので、彼の死後は「本当に夢のように楽になった」と言う人もいれば、「夫はいいところもあったけど、それでも今の一人暮らしは素晴らしい」と言った人もいた。好きな時に旅に出られる。自分の願うような配分で、お金と時間を使える。一日の時間をどのようにも自由に使える。

「忘れていたけれど、それが本当の人間の生き方だったのだ」という感激もあった。すると、そこにいた別の一人が「そうかしら。人間の暮らしは、必ず誰かから何かの制約を受けるもんじゃない？　だから自由に動けることの意味もわかるんじゃないの?」と言った。考えてみれば、教育、就職、結婚といった制度は、どれもそこにいささかの制約が附属することを意味している。

親からの独立、離婚、配偶者との死別などで、人間は再び一人暮らしに戻ることも多い。共に食事をする相手もなく、病気や災害の時、相談をする相手もいなくなる。しかし本来、人間は一人で暮らすのが原型なのであろう。猿や羊は必ず群れを作るが、人間にとっては群れで暮らす体制の方が異常だ。

幸いにも人間には言語があるので、一人でいても他者の生き方を参考にできる。話をしたり、本を読んだりすることで、知人や書物から、体験や知恵を学ぶことができる。そして限りなく一人で生きる個に還ることが可能なのである。

妻であり母であった女性が、中年や老年に再び一人暮らしを始めるのは容易なことではない。心の有りようが一人で生きる姿勢になっていないからだ。しかし、もし女性が、男性を基準とする人類の中の「特別な種」ではなく、あくまで人類の一種であるなら、一人で生きられる能力が、存在の基本であることは間違いない。

第10話

人間関係を楽しみの場としてでなく、苦の種と思うのは勿体ない

片づけられない女性たち

全く予想外のことだったが、私は六十四歳から七十三歳まで、財団に会長として勤めることになった。初めは週に一日でいいからということだったが、私は実務が好きなので、週に二日三日出勤するようになった。別に自分をそれほど必要とされている、と思ったわけではない。ただ、勤務時間中に仕事が終わらなくて、翌日も行った方がラクだと思ったに違いない。

普通、男性社会と思われる会社などの組織に女性が入ると、その存在が煩わ

しく思われることがある。その理由を私は面白く思って、時々ヒマな時に考えることがあった。

そんな時に、思いつくことはある。

女性は何か事が起こると、その背後に深い理由があると思う。そしてその原因や動機は、起こったこととしっかり連動していると思う。後から考えてみると、確かにそういう場合もあるが、実は全く無関係に事が起こっている場合もある。社会は私たちが考える以上に大雑把なのだ、と言う人もいるが、いろいろなことの始まりとその終わりの因果関係を自覚していないのである。

しかし女性の多くは、母親などに「始末の習慣」をつけられる。初めはこうで、それがこんなふうになり、最後にこうなって終わるのだから、片づけはこうしろ、というような手順である。家の中の整頓が、私も好きである。理由は大してないが、或る人がお汁粉が好きという程度に、好きなことなのである。何しろ整頓は空間を創り出すのだから。

或る人から、片づけのできない女性の話を聞いた。話として聞く分にはなかなか面白いものである。

その女性の家では、台所のあらゆる平面が物置き場になっていた。食卓、ガスレンジ、椅子の上、玄関前に始まる全廊下、階段の左右どちらかの隅がすべて物で溢れている。その多くは買って来た時の袋のまま。つまり使っていない。ということは要らないわけでしょう、と私が言うと、買って来ておけば安心する性格なのだと言う。

しかし私が驚いたのは、ガス台の上にもお盆を置いて物置き場にしていることで、この事実は、或る重大な現実的問題を提起している。

ガス台の上が物でふさがれているとすると、どこで調理をするのか。するとその人は、別にカセットコンロを持っていて、それをどこか別の平面の上に置いて煮炊きをしているという。その手のカセットコンロは我が家ではスキヤキをする時に使うもので、確かにガスの小さなボンベをはめれば、どこでも使えるという便利なものだが、その家で一番機能的にしつらえてあるはずの調理の設備を、その家の女主人は使わずに、補充的・予備的で性能の落ちる装置を日常的に使うことにしているのである。

普通、会社勤めの男性たちは、機能ということを大切に考える。個人的な事情などどうでもいい。会社の部か課が一体となって出すはずの結果だけが問題なのである。

しかし女性は内部の事情を考える。事がこういうふうに決定した背後には、誰それさんのお母さんが病気になって、そのために誰それさんが休まねばならなくなった穴が大きなマイナスの力になっている、などと考える。ものごとの考えの流れが、個から始まって、集合体に行きつく。

私が話に聞いた或る女性もまた、世間の他の女性同様買いものが好きなのだが、買って来たものをうまく始末できない。例えばお醤油やケチャップを買うと、特定の棚に保管しておいて、現在使っている壜(びん)が本当に切れた時に出して来るというそれだけの動作ができないのだという。

彼女はタバスコという辛い調味料を何にでも振りかけて食べるのが好きらしいのだが、この壜がリビングダイニングの中に少なくとも四本はある。この調味料は小さな壜に入っているのだが、蓋の部分が真っ赤なので、どこに置いてあっても目立つ。その特徴故に、一目で使いかけの壜が四本あることがわかるのである。

壜、箱、ケースのようなものに収められた物品を補充のため買って来ておく時は、新しく購入したものは倉庫の役目をする部屋の中の棚にひとまず置くものだ。塩とか砂糖のようなものは、月日と共に古くなり味が劣化する速度が遅いから、あまり気にしなくてもいいかもしれないが、同じ食料用の「粉」は気難しい。くず粉だけはあまり変化はしないが、小麦粉はすぐ「虫のつる」と呼ばれている不純物が発生する。大豆も小豆も、春から秋までの常温の中に気楽に放置しておくと、虫が湧いてすぐに味が落ちたりする。

物を買うことは、お金さえあればたやすいが、その物を変質しないように保管することは、また一仕事である。多分一壜数百万円もする高価なぶどう酒のようなものは、貯蔵庫もまた、温度を一定に保つ精密な装置が要るので、ぶどう酒に劣らないほど高価なものもあるのだろう。

それに附随したことだが、食料はできるだけ早く使い切って、絶えず新しいものを食べる必要がある。その方がおいしいからだが、食料を無駄にしない、という生き方も私は好きなのである。

冷蔵庫を使う資格のない人

自分の金で買ったものは、使っても捨てても自由だとは言い切れない。農家の人々は、どこかで自分の栽培した米や野菜が、健康と幸福の種として、食べられることを望んでいるのである。それに世界にはまだ充分に食べていない人もたくさんいる。「主食とおかず」どころか、お鍋一杯分の水分の多いおじやだけを、一家で分け合う一部のアフリカの生活を見てくると、日本のごく普通の庶民の食生活だって大金持ちの様相を呈している。

とにかく冷蔵庫の扉を開けると、雪崩の如く中のものが落ちて来る光景は今もあるのだそうで、そのようなだらしのない保管業務しかできない人は冷蔵庫の管理者になれないという証拠である。つまり、本当は冷蔵庫など持ってはいけない人なのだ。

他人より高価な機械や、組織を使える人は、金持ちか権力者だと私は考える。しかし正確に言うと高級な機械や組織を使う人には、それらの機械のメンテナンスをするという能力も必要なら義務も発生していると言うべきなのだ。

家事は会社などの組織と違って、あまり厳密でなくてもいい、というふうに考えられがちだ。そして事実、例えば家の一カ月の食費の予算は一応立てられているとは言っても、それが少々狂っても大事にはならない。

夏休みに、突然息子が友達を三人連れて帰って来た。若い彼らがスキヤキ肉を大皿に何枚も食べていくような突然の生活上のできごとはいくらでもある。彼らの旺盛な食欲に、少々困らされる日々などというものは、一家の歴史でそんなに長くない。子供たちはすぐそれぞれの家庭を持って別々に住むようになり、夫婦は自然に年老いて、スキヤキの肉などほんの少ししか食べなくなる。

人間関係の基本は家庭にある

通常、女性の家庭における任務は、家族という組織のマネージメントをすることだ。大会社の組織も一家の成り立ちも、実は同じなのである。家族の場合、どういうふうに一家を成り立たせていくかは、好みの問題なのだ。

付き合いにお金をかける家もある。お客などしたことがないという家もある。地味に家族だけで暮らす家は、あんなに交際費をかける家族は見栄っ張りだから、と心の中で批判し、一方で派手な家は地味に暮らす家の人たちのことを、「客を招かないような家は栄えない」と思ったりする。確かに『アラブの格言』の中には、「客をしない家には、天使も来ない」という言葉もある。

しかし、私の多くの知人の中には、客をする必要がない家庭もある。私の家は一人の作家の執筆の場所、つまりオフィスだが、同時にそこは出版というさまざまな工程に連なる初期の作業場としての組織だから、さまざまな人がやって来る。本ができるまでには、実に多くの人たちの世話になるのだ。書くのは作家だが、本になるまでには、お会いしたこともない多くの部門の専門家のお世話になって、一冊の本ができる。だからお客も多い。
他のあらゆる仕事も同様だろう。一台の新しい型の自動車ができるまで、それに関わった人の数は数えきれるものではないはずだ。それ故に、世界のあらゆる善と悪に、私たちも関わっているということは間違いない。一つの小説の骨格としても重いテーマだ。

人間関係の基本は家庭である。そこで私たちは改めて、「人」というものを学ぶ。一人娘として育った私には、兄弟もなく、父を恐れていたから、できるだけ遠ざかって暮らすことだけを考えていた。結婚して息子を持った時に、初めて「男性」というものの一生を見通せるようになった、と言ってもよい。

私たちは全世界から学ぶのだが、中でも最も強烈に学ぶのは「人」からである。と思えば人間関係を楽しみの場としてではなく、苦の種と思うことは実に勿体ないことだ。苦を楽に変えるには、そのことに無責任でもいいから興味を持ち続けることなのである。

第11話 女も男も深い尊敬がなければ友情は成り立たない

貴重なボーイフレンド

世間の人は、男性と女性とでは友達との付き合い方が全く違うものだと思っている。そのうえに男女の関係となると、さらに微妙な要素が付きまとう。映画やテレビドラマを観ると、世の中の妻達が夫以外の男性と付き合うと大抵、友達以上の感情を抱くに決まっていると断じている傾向が見えないでもない。

私は、ボーイフレンドというものがごく普通にいて当然と思うようになった新しい世代に属している。つまり教育制度が初めて男女共学を導入した世代なのである。しかしそれ以前に私には男の友達がたくさんいた。私は彼らの才能を利用していたきらいがある。理数科系の頭を持っている人は、私に数学を教えてくれたし、社会全般に学問的な目を持っていた友達、美術に詳しい友達などもいた。彼らは私にとって、誠に「貴重な人達」であった。ただ喋っているだけで私は物知りになれたからである。

私は数学に弱くて、代数などの問題をほとんど解けなかった。数学が得意な彼に聞けば答えを書いてくれたから、そんなありがたいことはなかったのである。後年彼と私が、いい年をしたおじさんとおばさんになった頃、その話が出て、彼は私のことを「あんまり物分かりが悪いんで引っ叩いてやりたいと思った」と言ったことがあるくらい、私には理数科系の頭がなかった。しかしそれ以外のことでは、同じ年頃の人より人間的な話ができたから、彼らは我慢して付き合ってくれたのだろうと思う。

私の親しい女の友達の一人には、私とは全く違う種類のボーイフレンドがいた。そうした男友達を二人、私の家に連れてくると、彼らはすぐに我が家の古いピアノの前に二脚の椅子を並べて、全く何の打ち合わせもなく連弾を始めた。その時の曲は何も覚えていないのだが、多分、ジャズバンドか何かをやっていた仲間なのだろう。私は感心してしまって言葉も出ないくらいだった。私にはその手の友達は一人もいなかった。

私は、彼女のボーイフレンドは私のボーイフレンドより皆洒落ていて美男だと思ったので、いつもそう言っていたのだが、彼女は、「あなたがどうしてあの人のことを美男と言うかわからないわ。多分、近眼のせいね」と言って私を許してくれた。しかし人生でどちらが得かというと、すべての人が美男に見える私の方が得に決まっていると思う。

私は二十三歳の時にプロの作家になった。幸運に恵まれていたのである。プロの作家というのはどういうことかというと、書いた原稿に原稿料を払ってもらえるという事である。すると、遊びではなく、男性の編集者や記者と仕事のために会うこともある。

沖縄の取材に行った時には、私以外の取材班四人がすべて男性で、私が会いたい数百人の「元女学生」達との談話を録ってくれる事になった。すると、朝から晩までこの人達と付き合うことになる。どのような手順や時間の配分で誰が誰と会い、いつからどこで会議を開いて取材の調整をするかという打ち合わせもしなければならない。取材は、私の記憶では現地で約一週間は続いたから、派遣された記者達は鬱陶しいことだったと思う。しかしそこで私は、貴重な人間関係を学んだ。

まずスタートから、人間関係にはユーモアが必要だという事である。それには見え透いた形ではなく、自分のおかしな点をさらけ出す必要がある。最近のテレビなどでは、お笑い芸人と呼ばれている人達がおかしくもない話をして自分で笑っているが、人間が本当に笑えるのは、あまりにも間違いのない真実を突かれた時なのである。そしてそのような特徴は、誰にでも備わっているものだから理解の共通点が得られ、深く笑うこともでき、その笑いが相手を傷つけないのである。

私は作家だから「健全性」などというものをそんなに高く評価してはいない。マルセル・プルーストや堀辰雄のような話はたくさんあって、喘息や結核はその人の文学の一部である。だから、私は相手が円満具足な人物であることを期待することは全くないが、相手の家族をいつも大事にしたいと思っていた。その人（男性）が家庭のことを話すのが嫌いでなければ、よく家庭のことを喋るようにした。出張とは家族と離れることだから、出先で構成されたグループでは、家族のことはいつも話題にするものなのである。だから私も時々奇妙な性格の夫の事を笑って話し、相手の家庭の秘密性を侵さない程度で奥さんの悪口も言うことにした。

ユーモラスである点と、それぞれの家族を大事にして、常にその存在を意識するという関係が私にとっては異性と付き合う最も基本的な条件だったように思う。それが最上の方法だとは言わないけれど、少なくとも私に関する限り、この原則を守っていて、あまり大きな問題を起こしたことがない。

長続きする異性関係のコツ

妻が仕事を持っていて夫を残して出張する場合、笑い話はたくさんある。私の知人の或る女性作家は「本当にうちの主人は利己主義で、私が取材で三日間家を空けるって言ったって誰とどこへ行くかなんて全く気にしないのよ。彼が言うことは『俺の飯は？』だけなのよ」と言う。

つまり彼女の夫は、妻の留守中の自分の食事の心配しかしないのである。私は外国に住んだことがないのだが、外国人の夫は多分これでは済まないのだろうと思う。誰とどこに行くのか根掘り葉掘り聞くのが妻への愛情だとされている節がある。

我が家では、結婚する頃から既に私が作家だったので、私が外と繋がりを持つことは必然だと思われていた。或る時私が担当の編集者と出掛けた後（多分講演のために地方に出たのだと思うが）、別の編集者から電話が掛かってきた。その電話は私に掛かってきたものらしいが、取ったのは夫であった。すると夫は「彼女はさっき誰か別の男と出ていっちゃいました」と答えたそうで、それを聞いていた秘書は笑いが止まらなかったという。もう少し言いようがありそうなものだが、それはそれで事実なのである。

夫は私が誰とどこへ行くかということを気にした事がない。私は今までに、二〜三週間程度なら何回も家を空けて外国旅行をした。その間、一人でアフリカの女子修道院に泊まっていたこともあるが、多くの場合は安全のために数人で旅行していたのである。しかし、その手の旅行を夫は止めもしないし、嫌がりもしなかった。

私は年に一度ずつ、アフリカの最貧国と言われるような国に行っていた時代があるのだが、その頃はアフリカでの「衣装」まで決まっていた。ドライクリーニングというものはないし、水は泥色だから薄色を避けたシャツ、ざぶざぶ洗えるナイロンのスラックス、そして古びてはいるが、めちゃくちゃに歩きやすいイタリア製の運動靴など、アフリカ行きのための包みが一つあったのである。中でも一番問題になるのは、バッグである。ただのバッグではいけない。猛烈な量の書類や物を入れるから大きくて、しかも軽くなければいけないのである。

アフリカで絶対に必要な物は、悪路ばかりだから埃よけのサングラス、毎日のように停電するから肌身離さずに持っている懐中電灯、私は煙草を吸わないのだが、蚊取り線香を付けるためのライター。その他に双眼鏡や高度計を持って歩いた時もある。それらのいささか複雑な身のまわり品を持って歩くには、容積が大きくなければばならなかった。するとその布カバンはたった一つのものに限られ、歩き馴れた古靴と共に次第に古び、毎回のように私は、今度使ったら捨てるから、と言い続けてきたのにもかかわらず、その都度持ち帰って来た。代替となる便利な靴やカバンはそうそうないからである。するとお手伝いさんが丁寧に歯ブラシで洗って陰干しにし、また使うことになる。

その調査旅行に何度か同行していた一人の新聞記者がいて、或る時私に、

「そのカバン、もう十年近くずっと持ってますね。僕が初めてアフリカに行った時からずっとですからね。もう古びてきましたね」

とうるさいのである。

私のカバンが古くなって気の毒だと言ってくれた人もいたが、その人は気の

毒だとは言わずにそんな口調だったのだ。すると夫は「じゃあその人に新しいバッグを買ってもらえ」と相手の名前も聞かず言うのである。もちろんその人は私に新しいカバンを買ってくれなかった。カバンはついに底に穴が開き、廃棄することになった。

私はお喋りだったから、出掛けた時に起こった事をどんなつまらない事でも家に帰って話す癖があった。確かに仕事柄、描写はし馴れていたと思う。だから私のした失敗もその時の表情も夫はすべて聞いていて、少しは面白がってくれたのだろう。

人間が面白いと思うには、美しい話ばかりしていてはダメだ。私自身がどんなに狡かったか。怠け根性があって嫌な仕事はできるだけ人になすりつけようとしたか。おいしいものは人にやらずに素早く食べてしまったか。というような「罪」とも言えないだろうが、ろくでもない人間の部分があってこそ、初めて現実性が伝わるのである。

また、私の体験によると、その場にいなくても、その人を存在させることはできる。私は五十三歳の時に、一カ月以上をかけて五人の仲間達とサハラ砂漠を縦断したが、私達の車がアルジェリアの寒村で、まるで入水者が海へ入っていくように、舗装道路を捨てて砂漠に入っていく地点まで面倒を見てくれた一人の婦人がいた。メンバーの一人であったカメラマンの奥さんで、この二人はパリに住んでいた。この美人の奥さんの名前はあづさと言うのだが、私達は砂漠での旅の間、一日のうちに何度もこのあづさという名を口にした。仲間の一人は一日に何回も「サハラの暑さには勝ててもパリのあづさには勝てない」と繰り返した。このあづさは非常に美人だったが、誰もきれいだと言って褒めはしなかった。彼女の夫の前で我々は、親しみを込めてあづさの悪口を言い続ける。しかし、それ故に彼女もまた、共に旅行しているような実感があった。

そんなようなさまざまな体験から、私は長続きする異性関係というものは、相手の立場を侵さないことであるという事を知った。

その背後には大きく言って二つの理由がある。一つは、他者が選んだ運命(結婚生活をも含めて）は、窺い知れないほど深いものだから深く立ち入ってはいけないということと、何らかの点でその人に対して私が深い尊敬の念を抱いていたからであった。別に学問的知識で尊敬したのではない。誠実さ、慎重さ、自分の事を徹底して客観して喋れる技術。或いはほんの小さな事でもよかった。

ダムの工事現場で出会ったプロの仕事人

私は長いこと土木の現場で勉強していたのだが、或る時一人の現場所長に出会った。親分とかボスとかいうものを部下は決して褒めるものではない。ボスの存在は大抵は煩わしくて面倒くさいものなのである。

この所長に対する悪口もなかなか楽しいものであった。現場事務所の前庭に、いささか広い空き地があり、そこには翌日使う鉄筋が運び込まれて置かれることもある。するとこの所長は、鉄筋が端を揃えて置かれていない、と言って怒るらしいのである。つまり所長によれば、それらの鉄筋は先端の位置がきっちり揃えられて仮置きされるべきものなのである。私の性格から言うと、私は何でも手抜きをして楽な方が好きだった。一カ月か二カ月にせよ、そこにしばらく置かれているものなら、飛び出た先端に躓(つまず)く人がいるといけないから端を揃えておくべきだ、という説に私は賛成である。しかし、明日使うものなら、使用済みの割り箸を投げるように少々めちゃめちゃに置いたってどうってことはないだろうと思うのである。

しかし、その所長によると、鉄筋を数十本置くにしても、そのような乱雑さを許す神経が他の大きな事故に繋がるということらしかった。そして、巨大な重機や鉄骨や矢板のような一種の危険物が山積している現場では、残念ながらこの所長の言う事が正しいのである。部下達は、所長の言うことは正しいと知りつつ、私に悪口を言っていた。つまり、「好ましいボス」だったのである。

今でも覚えているが、私は長野県下の或るダムの工事中に、山に作られた何十段という階段の上にある展望台まで所長の案内で上がったことがある。そこは単なる見物の席ではなく、ダムの天端(てんば)を中心とする工事現場の全体が見渡せる地点であった。

例えば或る夕方、五時少し前に展望台に上がり工事現場を見下ろしていると、発破と呼ばれる、土砂を崩す作業がトンネル内の切り端で行われた後、夜のシフトと交代するために重機も作業員もすべて去った天端に、一台の小さなブルドーザーが帰ってきた。標高千二百メートルの現場には寒さと夕暮れと雪模様がしのび寄っていて、私自身、一刻も早く宿舎に上がって、入浴をし夕飯を食べたい時刻であった。しかし遥か眼下の天端の上でそのブルドーザーのオペレーター（運転手）は、運転席から降りると丁寧にキャタピラの土を落とし始めた。

怠け者の私に言わせれば、そんな事をしなくたって、あと一～二時間のうちか、少なくとも翌日になれば、そのブルドーザーは再び動いてキャタピラは泥だらけになるのである。こんな寒い中で寒風に吹かれながら空腹に耐えて、キャタピラの土を落とすなどという律儀なことは止めて早くお帰りになったらどうですかと、言いたいところであった。しかし、遥か上の地点から所長や客である私達に見られているとも知らないブルドーザーのオペレーターは、広大な天端の上で、一人黙々と、このやるべき仕事を果たしていたのである。

この時初めて私は、鉄筋の端を揃えろと言って聞かない所長の意思か美学かがこうした末端で働く人々の隅々にまで浸透して安全を保っているということの実態を見たのである。もっとも、同じ所にいた夫は「あの所長は偉い。俺だってあの何十段もの階段を上るのに死にそうになるくらい息が切れたのに、あの人は煙草をのみながら上がった」とおかしなところに感心していた。私はと言えば、三段か四段上がる度に一休みし、果たして上まで辿り着けるかどうかと思っていたのである。

体力をも含めて私は、男にも女にも、友情の基本として深い尊敬を持っていると言える。尊敬がなければ、恐らく友情の継続は成り立たないのである。

第3章 生きるために必要なこと

第12話 女性が好む噂話は九十パーセント以上の確率で誤りを含んでいる

女性同士の付き合いで苦労すること

人間関係の中で難しいことはたくさんあるけれど、家族の問題は避けて通れない事として私達は心の奥底で諦めるか納得しているような気がする。実際に苦しむのは、友人或いは知人との関係であるようだ。家族の繋がりはのっぴきならないもので、そこから逃げ出すことはできないが、友人なら関係を絶つという形で解消できると思うからなのだろう。

私はもう年をとっているし、世間でいう社交のような付き合いをする必要がなくなっているのだが、若い時からかなり人付き合いが悪い人間だった。ほうれん草が嫌いという人がいるように、大した理由もなく、社交というものが好きではなかったのである。

作家としての私の暮らしの中では、時々、文学の世界の集まりというものがあって、その手の会合には出た方がいいのだろうけど、出なくてもいいものでもある。初め私は世の常識に従って出席しようとしていたのだが、自分の根性の悪さをつくづく感じたのは、会合の前日になると必ずといっていいほど、喉が痛くて熱を出すようになったのである。この病気は多分、耳鼻咽喉科の領域ではなくて精神科に属した一種の仮病だったような気がする。

それで私は、辛いことは止めることにした。我が家の家族も皆イージィ・ゴーイングで、嫌なら止めたらよかろう、辛ければ働かなくてもよかろうという人達ばかりだったから、私は次第に迷うことなく、会合の出欠を問うハガキの出欠欄には自動的に欠席の方に丸を付けて出すようになった。

自分の出版記念パーティーにあいつが出てこないのは、自分を嫌いなのだろうと思う人がいると困るが、私が誰のパーティーにも出なくなると、数年で悪評も消えたらしく、それなりに静かな生活になった。だから私の勝手な思い込みかもしれないが、今では、私がパーティーに出ないのは、自分を嫌っているからだと思う人は一人もいないだろうと思う。だからもちろん、自分自身の出版記念パーティーというものも、一度も開いたことがない。

ところで、私の友達は幼稚園時代からの知り合いばかりである。私は幼稚園から大学まで一貫校に通った。受験してみても他所の学校には受からないのは明白だったので、そんな努力もしなかったのである。おかげで青春時代は受験地獄も知らずにのびのびと過ごした。

幼稚園時代からの友達というのは、つまり、十七年を共に過ごした人達である。或る時知人の男性に、財界の某有名人の奥さんと私は十七年間同じ学校でしたと言ったら、煩悶(はんもん)したような表情を浮かべて、「とすると、お二人はどこかで留年なさったとか、大学受験に失敗なさったとかそういうことですか?」

と言われた。私はその人の計算の素早さに感嘆した。私は単純な足し算でもこんなに早くはできないのである。私が「私達は幼稚園からの同級生なので十七年間です」と言ったら、その人はなるほどと納得してくれた。

別に長く一緒にいればいいという事ではない。しかし、長く友達でいるということは、強みも弱点も共に知られ尽くしているということで気楽だった。今更装ってみても到底相手を誤魔化し切れない。あの子はこういう場合にすぐぶち切れる性格だったとか、今ではよくできた奥さんの顔をしているけれど、子供の頃は始終忘れ物をしていたとか、裏の裏まで知られているからである。

女性同士の付き合いにおいて苦労するのは、自分をよく見せようという無駄な情熱があるからである。私の経験では、世間というものは、実は非常に賢いもので、その人の本質というものが早ければ五分以内に分かってしまう。どんなに遅くとも三回会えばかなりよく分かる。だから覆い隠せるものでもないのだが、その点を世間の多くの女性達は勘違いしているのではないかと思うことがある。

よくどこかの集まりで「こちらは××銀行の頭取の奥様の○○さんでいらっしゃるの」式の紹介を受ける事があるが、私は銀行の頭取と親しくなって便宜を図ってもらう必要のある事業をしていないので、奥様の名前だけで充分だ。暫く経ってからご主人の職業が自然に分かれば「ああ、神経を遣うお仕事だから奥さんも大変なんだろうな」という程度の考えを抱くだけである。

しかし、世間は実につまらないことで、相手の生活、自分の暮らしをランク付けしようとする。今でも覚えているのは、子供がまだ小さかった時、同級生の中に同じ名字を持つ二人の子供がいた。すると、その二人を説明するのに、「あちらは一戸建てにお住まいですけど、こちらはマンションなのよ」という言い方をした人がいたのである。

私にとって相手の住所で問題になる点があるとすれば、それは遠いか近いかだけのことであった。どこにせよ遠いと困るからである。私は六十歳をちょっと過ぎた頃から脚の怪我を繰り返して、どうみても人並みに歩けなくなっているから、どんなお住まいであろうと駅から近ければありがたいという感じだった。

しかし、その手の通俗的な要素が入り込むことは世の中には無限にあると思う。今私の住んでいる家の傍には、有名幼稚園や評判の良い公立学校や私立学校があるらしく、朝八〜九時の間には、子供を送る美しく若いお母さんたちで道がいっぱいになる。その人達が子供を幼稚園や学校に送り届けた後、何をしているのか私にはよくわからないのだが、お昼頃になると、駅の近くの有名パン屋や喫茶店は、そうしたお母さん達がグループで昼ご飯を召し上がる姿で溢れるようになる。

朝九時から十二時までの時間の使い方が私にはてんで想像がつかない。私の場合は一旦家に帰ったら、片づけなければならない台所や押し入れの奥や書棚が嫌でも目に付き、机の上には返事を書かねばならない手紙が山のように溜まっているから、社交的なお昼ご飯のために再び家を出るという元気が全く湧いてこないだろうと思うのである。

もちろん私は老人なので、若い世代の間でどのような会話が交わされているのかも全く想像がつかない。耳が良いので、盗み聞きをしてみたいという気持ちは充分にあるのだが、美しいお母さん達のグループの傍に一人分の席を取ってくれる喫茶店など、その時間にはほとんどないだろう。

多分そこでは、この女性達が現政権の政治能力が有効であるかどうかなどということを語るのではなく、そのほとんどが噂話をしているのだろうと思う。

事実と正反対の事が噂になる不思議

私がこの世でかなり嫌いなものの一つが、噂話である。それは九十パーセント以上の確率で、間違った話を伝えているからである。

私は作家になった後、度々インタビューを受けた。初めは有名雑誌の編集者や全国紙の新聞記者が来るのだから、話したことを正しく書いてくれるのだろうと思っていた。ところが、でき上がった記事は実に滅茶苦茶なのである。私は早々にその事実を知ったので「インタビューは、私が喋った部分だけは手を入れる事をご承認くださるならお受けいたします」と言うようになった。予め頼んでおけば、大体の新聞社や雑誌社は今ではこのルールを受け入れてくれる。頭から拒否しているのは日本経済新聞だけだから、私は日経のインタビューは受けない。

実際、世の中の噂話は正反対の事が言われている事が多い。私とは性格が合わなかった父は、胃袋の構造のせいか、食事中には味噌汁やおつゆというものを飲まない人だった。胃がだぶだぶになって飲めないというのである。私はこの父と気が合わなかったので、父のやることの何でも反対のことをやるという時期があったのだが、最近ふと気が付いてみると、私もおつゆに入った麺類が好きではないのである。そもそも麺類というものが好きではない。食べない事はないのだが、その場合は麺だけ食べておつゆは残している。

ところが或る時、かなり親しく付き合っている女友達に「いつかお蕎麦屋へご一緒した時に、曽野さんは真っ先に掛け蕎麦をご注文になりました」と言われて本当に驚いた。具の入っていない掛け蕎麦ほど私が嫌いなものはないのである。家に帰って秘書にその話をしたら、彼女も「うっそー」と笑った。私は家の中で、手軽に作れるはずの掛け蕎麦を食べない人間としていささか邪魔者扱いされていたからである。

　これほどに好みと反対の事がどうして伝わるのか、たかが、蕎麦やうどんに対する好みなのだから、どうでもいいような気もするのだが、私にはその正反対に間違う仕組みが不思議に思えてならない。

　私は今までに何度も怪我のために外科手術を受けた。重篤な怪我ではなかったはずだが、何カ所も骨を折ったので、それらの修復作業にはかなりの時間がかかった。私は毎回腰椎麻酔という脊髄の一部に麻酔液を注入する麻酔法を選んでいたため、手術中一切の意識を失っていないのである。手術される部分は脚だから、上半身は目覚めていても痛みはない。それで私は上半身が目覚めている事を利用して、手術中に自分自身をマッサージし続ける癖があった。私は中年になって一度視力をかなり失いかけた時、もし全盲になったら鍼灸師になろうと思ったくらい、マッサージの才能があるのだ。

　何しろ正気のまま寝返りを打てずに四時間以上もかかる手術を受けていると、体中が痛くなるので、私は血圧計などが付けられていない方の手で体中をマッサージし続けるのに忙しかった。毎回同じようなことが起こったのだが、私の脊髄が人並みではなくて少し位置が狂っているのか、脊髄に入れた麻酔薬のせいなのか、必ず途中で呼吸困難になった。つまり、必ず上半身まで麻酔が効いてきて、意識的に呼吸しないと胸が苦しくなってくるのである。

　この話を執刀医にしたら「そういう時には苦しいと言ってください」と言われたのだが、その時にはもう声が出ないのだから助けを求めることができない。次回からは私は指先に赤いハンカチを結んでおいて、息が苦しくなったらそれを振る事にしようと思っている。そういうわけで、私は手術が終わり、執刀医から「はい、終わりましたよ」と声を掛けられた時せめて一言「ありがとうございました」とお礼を言いたいのだが、毎回その時はもう声が出ないのである。まあお礼は後で言えばいい事なのだが、私の性格としては、その時々でご馳走様とか、お邪魔いたしましたとか、今日は楽しかったですとか、簡単な感想を述べたいのだが、声が出ないのである。

それなのに、或る時友達から「曽野さんは気丈な方で手術中ずっと喋り続けだったんですってね」と言われた時にはこれまた耳を疑うほど驚いた。できれば私は喋り続けたいし、実は現在の腰椎麻酔のシステムに不満も持っている。上半身はまともなのだから、例えば、手術中ずっと胸の上あたりに置かれた小型テレビで、例えば勝新太郎の『座頭市』をビデオで観せてくれるくらいのサービスがあってもいいと思っている。

くだらない例ばかり挙げたが、これほどに噂というものは現実と違っているのである。

賢い人は見た事を喋る

アメリカが二〇〇三年にサダム・フセインの勢力を削ぐためにイラクに侵攻した時、マスコミは一斉にアラブ人の精神構造について知りたがった。それで私はその時初めて、一週間で本を一冊書き上げたのである。先述の『アラブの格言』という本で、その頃私はシンガポールにいたのだが、東京から出版社の女性達が何人かやってきて、合宿して一週間で一冊を仕上げたのである。

私はだいぶ前からアラブ諸国へ出入りしていたので、その時に格言の本を買ってきていて、あまりに面白いので気に入ったところに赤線を引いてあった。改めて読み直さなくても、アラブの人達はつくづく賢いと思う言葉を既に選んであったのである。それを集めて一つ一つの言葉に私が解説を付け加え、感想を述べ、夜になると私がさっさと寝てしまった後で、編集者の女性たちが東京の本社とメールでやりとりをして編集をしたのだ。

その格言集の中に、

「賢い人は見た事を喋り、愚かな者は聞いた事を喋る」

というのがあって、別にアメリカがサダム・フセインをやっつけるために侵攻した事実とは何の関係もないのだけれど、私はこの格言が面白くてたまらなかった。

学歴もあり賢くて常識のある多くの女性達が、この愚か者のやり方で暮らしているのである。「何とかだそうよ」というようなニュースの捉え方は、時間の無駄使いそのものと言っていい。そしてまた、そのような会話しかしない人達を私達は陰で密かに「放送局」と呼び、用心してその人達には何一つ語らないようにしている。

『アラブの格言』に出てくる賢い人達の多くは遊牧民で、大学に行ったわけでもないし、哲学を学んだわけでもないだろう。しかし、彼らは羊を追って、オアシスからオアシスへ荒れ野を移動するうちに、人生の真実というものはいかにして手に入れるべきかという事を知ったに違いない。

しかし人間は、とめどなく他者の事を知りたがる。私は昔インドでキャラバンサライの遺跡に行ったことがある。キャラバンサライというのは隊商宿という意味で、その多くは建築上で典型的なスタイルを持っている。つまり簡単に言うと、正方形に近い石造りの塀に囲まれているのである。その塀の内側に室が造られており、かなり広い中庭が中央の部分に残され、恐らくそこに井戸もあるのである。

大抵の場合、キャラバンサライの入り口は一カ所しかない。日暮れと共に強盗だか泥棒だかを恐れて閉められた大戸には、厳重にかんぬきが掛けられていたと想像される。隊商の男達は、その中に荷を積んだラクダやロバを引き入れ、自分達も室を借りて、恐らく自炊したのだろう。

アフリカの人達は、どこへ旅行するにも石を三個持っている。ラクダを止めてしゃがませ、その背から荷物を下ろす時に石三個を取り出して地面に置けば、そこが即ち竈である。石三個の上にお尻が真っ黒になるほど煤のついたヤカンを置き、ラクダの背に積んだロバの革袋を使った水袋と薪を下ろし、水をヤカンに入れて沸かせばお茶が淹れられる。

そのようにして、本来はどこででも寝ていた人達が安全のために金を出してキャラバンサライに泊まるようになったのには、多分もう一つ目的があったのだ。それは、今のようにレストランも喫茶店も赤ちょうちんもない夜を、いささかなりとも楽しく過ごし、火の周りに集まって諸国からやって来た他の隊商達の話を聞く事であった。どこに行けばどんないい女がいるとか、羊はどこで高く売れるとか、誰がどんなインチキな手法で大金を儲けたとか、「あることないこと」と言いたいところだが、時には「ないことないこと」の噂話を楽しんだのである。新聞もテレビもない社会では、それが周りの世界との生きた繋がりであった。

だから私は、噂話がこの世で全く無駄だなどと言っているのではない。前にも言ったように、世の中で無駄なものは一つもないのである。しかし、幸か不幸か、私達のように多くの情報を与えられている世界においては、噂話によって経済的行為を行ったり、その土地の危険度や娯楽の有無を探るという必要はない。

私流に言えば、新聞も雑誌もテレビもかなりいい加減な報道をしている事が多いが、それでも今日の円相場がいくらだとか、どこどこで地すべりがあったとか、どの国とどの国の総理が会ったといったような事実においては、恐らく間違いはないのである。

しかし、世の中の女性達の付き合いの基本的なエネルギーは噂話から始まっている。そしてありもしない事実を批判したり支持したり、それによって失望したり希望したり、憎しみを持ったりしている。

男性にはないとは言わないが、女性の付き合いの時間の基本的な潰し方と情熱が噂話にあるかと思うと、まずこの部分から取り去るという知恵を持つのが第一歩である。

第13話　仕事は「深入り」しなければ勿体ない

専門的知識の深さは全人格の魅力と重なる

初めから利己的な計算で選んでいるつもりもないのだが、私が普段から付き合っている友人たちを改めて考えてみると、職業の如何にかかわらず、必ず何か独特の専門分野を持っている人たちであった。

漆の塗師と呼ばれる漆塗りの専門家とか、元は商船に乗っていた人とか、中近東の特殊な言語を操りかつその地方の生活に精通している人とか、今は引退しているが、元はパイロットだった人などである。

私は友人になる基本として、その人に深い尊敬を持つことが一つの要素だと自然に思っていた。自分が上からの目線で付き合える人の方が気楽でいい、という人にも会ったことはあるが、私は逆であった。簡単な会話の中にも、教えてもらえることがある方がいい。別に計算ずくで友人を選んでいるわけではないが、尊敬の念が友情の基本なのである。

昔、パイロットをしていた人の家を訪ねた時、私は自分で車を運転していった。横浜の閑静な住宅地に住んでいる人だったので、帰りに私は大通りへ出る道を訊いた。すると彼は付近の詳細図を出してきて、ああだこうだと、さんざん道を探してくれるのである。私とすれば、主な幹線道路に行くなら大体あっちの方角ということさえわかればいいので、あまり細かく教えられると却って覚えられない。「ざっとでいいんだけど」と思いながら、相手の綿密さに恐れをなして、この人とはあまり親しい間柄にはなれないだろうと思ったことを申し訳なく覚えている。

しかし彼の職業を考えてみれば、こういう綿密さは当然のことである。商業航空路だから、大体西の方に飛んで行けば大阪に着くというわけにはいかない。自動車と違ってそこら辺に飛行機をとめて、「大阪はどっちの方向ですかね」と訊くわけにはいかない。曲がり角にあたる地点で目標になるものは、頭の中にしっかりと叩き込まれていなければならない。職業となると、すべての要素は微細な点までよくよく知っていなければならないのである。

同じ部署で同じような仕事をしているように見えても、専門家と門外漢では大きな違いがある。専門家はその人の目的とする事柄の周辺まで知っていなければならない。しかし平凡な事務員はその一部をごく浅く知っているだけでも済むのである。この守備範囲の深さと広さの違いが専門家と門外漢の違いということになるだろう。こういうことは実は何気ないお喋りをしていても部外者にもわかる差なのである。そして専門職の知識の有無は、実はその人の全人的な魅力とも重なると私は思っている。

その部署で働く人の絶対数の違いのせいかもしれないが、幅広く深く、その背後事情や、時にはその世界で起こる犯罪の可能性さえ知っている人というのは、職場でも滅多にいない。そしてそういう人こそが、その仕事の「専門家」とさえ言える。そして残念なことだが、その「専門家」と呼ばれ得る人は、まだ圧倒的に男性が多い。本当に残念なことである。

どうして女性には、仕事に「深入り」する人が少ないのだろう、という疑問を雑談の時に投げかけると、女性は男性と違って他にすることが多いからだろう、という答えが返ってきた。お化粧やヘア・スタイル、服装やアクセサリーなど、朝、身繕いをする場合でも、男性と違って、考えなければならない点がずっと多い。ファッションも一つの美的世界で、そこにも独自の美学を働かそうとすれば、常日頃から身を飾るものを選んでおかなければならない。そのためにもそれ相応の時間は確実にかかるから、男性のように、自分の仕事についての必要と思われれば、いくらでも関係書類を読んでいられるというわけにもいかない。

私に言わせると、女性としてごく普通の髪形に整えておくだけで、男性は必要としない時間を取る。男性を羨ましいと思うのは、シャワーの下で、有り合わせのシャンプーでごしごしと頭を洗い、流してタオルで拭いておけば、普通の男性の髪は一応格好がつくことである。

「一日は二十四時間しかありませんからな」と或る男性は言った。気の持ちようで、一日を二十五時間、二十六時間にすることはできないのである。

もちろんこうした時間の使い方の限界を打ち破っている女性はいくらでもいる。しかしどのような生活を善とするか悪とするかは、誰にも決められないのである。


自分の働いている仕事の周辺に関して深い知識の持ち主と言われる人は、現実問題としてほとんど男性ばかりで、女性でその手の人に会ったことはほとんどない。もちろんこうした状態は、あと十年、二十年、三十年と過ぎた後での印象は全く変わってくるに違いない。

その職業に関わる人の数が増えれば増えるほど、そして当然のことながら男女共にそれに関わることになれば、さまざまな意味での経験者、熟練者、達人が出て来て、報酬もそれに応じて高くなるだろう。するとそこにごく自然に多くの専門家も出て来るわけで、これは男女の持って生まれた資質や腕力とも、特別な関係はないだろう。

しかしいずれにせよその職種に、できれば生涯をかけて関わる人が増えるということが、専門家を生み出す基本的な要素である。

「何も変わらない」ことも仕事の任務

いつの時代から、女性が結婚しても、子供ができても、世間の中で働く人が増えたということになったか考えてみると、恐らく、戦争が終わって十年ぐらい後のことであろう。アメリカ軍の進駐があって、国内に欧米型の考え方が普及するようになると、女性だからさせられない、とか、女性だからしてはならない、という制限がほとんどなくなった。その意識の変換の一番日常的な例は、女性が自動車を運転するようになったことである。

まずアメリカの女性兵士や軍人の奥さんなどが、ジープやシボレーなどを楽々と乗りこなして、私たちはその姿を一種の憧れと共に眺めた。

現代の人たちには信じられないことかもしれないが、それまで日本人の生活には自家用車というものがほとんどなかったのである。自家用車なるものを持っているのは、三井や三菱などの財閥のお邸だけで、そこの車を運転するのは「運転手」と呼ばれる専門職の男性だけだ、ということになっていた。

私が運転免許を取ったのは、一九五五年で、当時はもう女性で車を運転するのはごく当たり前になっていた、と私は思っているのだが、夫の美人の従妹などは、ポンティアックなどという大きな外車を運転し、多分嫌がらせだったのだろう、トラックの運転手さんに「おい、ねえちゃん」などと高い窓越しにからかわれて随分不愉快な思いをしたというような話をしていた。その程度に女性ドライバーというものが珍しい時代だったのである。

もっとも私も、女性作家の中で一番早く自動車を運転したということで、新しい女に見られる面もあったかもしれないが、そんな軽薄なことでいい小説は書けないだろう、と悪く言われる面の方が強かったような気はする。

私が運転免許を取ったのは、実は母のためであった。母はかなり若い時から、膝に水が溜まったりして歩きにくくなっていたので、私は車で外に連れ出したいと思っていた。当時は銀座の表通りから一本裏にある呉服屋の前でさえ、短時間なら駐車もできるほど呑気な時代で、私が運転をすれば、母の行動範囲はずっと広がるはずであった。もっとも私たち夫婦は、セコハンのフォルクスワーゲンを買うにもお金が足りなくて、母のへそくりを出してもらったのだから、「お金があったので車を買った」と言うわけにもいかなかった。

しかし自動車の運転だけでなく、もうその頃には、女性でも働ける環境を作れば男と同じに働かせていい、という社会的思考が一般化した。その頃、私の知人の編集者がビールを一杯飲んで私に言った皮肉な言葉を今でも覚えている。

「女性に夜間作業をさせたって大丈夫ですよ。徹夜麻雀ができるんだから。なぜ夜勤はいけないんです」

これは、今でも事実だ。その頃から、女性は登山でも、飛行機の操縦でも、何でも男と同等にできるという社会的認識が定着した。今、女性だからさせないという仕事は、母性を守るためであって、能力的性差別の故ではない。

これは大きな声では言えないことなのだが、私は時々性差別をされて、楽ができればいい、と思うたちなのだが、サハラ砂漠の縦断をした時も全く同等の運転時間を割り当てられた。

記憶が少し薄れてはいるが、私に割り当てられた運転時間は、昼ご飯後、日没までであった。砂漠は道路ではないから、皆昼食からぶどう酒を飲んでいる。従って午後の時間は誰もが少々酔っぱらって眠いのだ。そういう時間に運転などしたくないから、酒を飲まない奴に運転の当番を割り当てようという合理性で決められたルーティンで、従わねばならないのである。

砂漠の運転というものは、退屈そのものだった。何時間運転しても、景色が変わらない。というより三百六十度、何もないのである。運転手はひたすら、深い砂につかまらないように、或いは砂に隠れた岩に亀の子のように車が乗っからないように注意して運転し続けるだけなのだ。

私たちは日常、風景の変化を楽しむ。「困ったわねぇ。この先の道混んでいるみたい」とか、「あそこに新しい中華料理屋さんができたわ。今度行ってみましょう」とかいうような動物的な判断にせよ、それを楽しむのである。

しかし何時間運転しても、砂漠には何もない。変化もない。考えてみると、任務というものは、多くの場合、基本的には何も変わらないことが目標なのだ。その単調さに耐え、常に現状を維持できるかどうかが、女性と男性が同等に働けるかどうかの一種のものさしとして使われているような気がしている。

第14話
属性で人を判断していると、相手の本質がつかめない

相手の肩書きを外して接する

よく協会や組織と名のつくような所で見知らぬ人に紹介される時「こちらが○○銀行の佐藤さんの奥様なの」とか「山田さんのご主人様は××海運にいらしたのよ」などという形の紹介を受けることがあって、私はほんの少しだが不愉快な気分になる。私は相手の女性と親しくなろうという気分でいるのであって、彼女の夫の職業は別に関係ない。

外国では、メリーとかジャックとか名前だけで呼び、苗字は呼ばないのだが、

日本人には、このような呼び方呼ばれ方はなかなか馴れないようである。私の育った学校では外国人の修道女がたくさんいたので、クラスでは、「ヤスコ」とか「ハナコ」とか、下の名前だけで呼ぶ風習があった。学校が教育的配慮からそうしていたのだろう。

私は年をとってからも新しい友達がかなりできた。七十代になっても、全く世界の違う知人もできて、お互いが生きて来た世界を広げることにもなったのである。その一つの例として、仕事上の会合で、和服を着た初老の男性といっしょになったことがある。その方は織物の産地から業界を代表して出席していたので、私は最初「技術者」の代表だと思ったのである。

そこで私は自己紹介をし、「あなたは実際に織物をなさる方でいらっしゃいますか？」と聞いたのである。世の中には伝統工芸の伝え手のような人がたくさんいて、一番偉い人になると、人間国宝と呼ばれたりしている。もしその方がその手の方なら、私はまた教えてもらえることがあるだろう、と思ったのである。

するとその方は「私は実際に織物をするのではなく、業界の世話をする役でして……」と言われた。それで私は、「実は私はこれでも六十年近く小説を書き続けている職人なんです。ですからもしあなたが織物をなさる方なら、職人同士のお話ができるかと思いまして」と言い訳した。するとその方は、「いや、うちの業界で本当に欲しいのは、曽野さんのように六十年も同じ仕事を続けられる人なんです」

と言ってくださった。当時私は八十歳に近く、その方は七十代の初めだったと思う。私はその日家に帰ると早速夫に向かって、「私はそこでも求人の対象になっているのよ。小説を書かなくたって、辛抱一つで機織りにもなれたのよ」と言った。以来、その方とは年に何回かお会いする機会がある。

この方お一人ではない。私は、仕事の分野は違うけれど、しかしそこでベテランと言われるような方たちと、その時代時代で知り合いになって来た。若い時代には、取材先で出会った人たちが主だったが、取材が終わってもお付き合いが続く人たちがたくさんいた。土木屋さん、船員、自衛隊員、パイロット、医師等である。そうした人々は、実に長い年月にわたって、始終ではないが会う機会があり、いつでも同じような親しさで心を開いてくれた。

少しキザな言い方になるが、私たちは仕事を通して人生を語り合ったのだ。もちろん大げさな話ではなく、現場に立つことの現実を話し合う時、その方の仕事と私の仕事との接点が、自然な形で結びついたのである。


私の実感ではそういう意味で、男女の差別も職業の貴賤もない。世の中になくていい仕事はないのである。総理大臣は、パン屋さんより通俗的・社会的地位や収入は上かもしれないが、パン屋さん、お米屋さん、さらにお米や小麦を作る人がいなかったら、総理大臣がいないより困る。

ただ私の実感では、夫ではない異性と付き合うのには、いささかのルールが要る。それは相手が既婚者であるか、そうでないかにもよるのだが、もし既婚者の場合は、相手の家庭を壊さない配慮が必ず要るのである。

秘密は一切いけない。相手の奥さんに秘密で会うような行動も困る。最近では連絡手段にメールを使う人も多いらしいが、昔、電話や手紙で連絡を取っていた時代には、わざと自宅へかけて奥さんに正式に挨拶をし、ついでに女同士で、数分間話すような時間を作る配慮も礼儀の一つだった。手紙を送る時には、わざと家族が見られるようにハガキにする。私はファックスも好きだった。ファックスにも秘密はない。届いたファックスを渡してくれる人は、必ず文面に目を通しながら、渡す相手を確認しているからである。

「うちの女房には黙っててください」と言うような相手の「陰謀」にも加担しない態度を示す事である。そういう相手とは、長続きしないだけでなく、うっかりすると、犯罪の片棒を担ぐことにさえなりかねない。

私が相手について知りたいのは履歴であって肩書きではなかった。その人自身が、生涯を通して主に関わって来た仕事を通じて身につけた技術や、体験して来た「物語」であった。本職のかたわらお料理もするとか、ピアノを教えているとか、山登りの趣味がある、というような日常的なこともあれば、銀行の業務の実態、土木技術の苦労話、大学の先生の学生に対する見方、などというような人生の断片を、部外者の私にも聞かせてくれるのは、実にありがたいことだった。そういう生活を続けていると、私は自分の人生以外の分野の「物知り」になれた。もちろん本物の体験者ではない。私はたくさんのニュースの背後に関して、少しだけ多く知っていたので、本質を深く味わう事ができるようになっていた。

身一つで逃げ出してもなくならない資質

これらの友人たちの知識や記憶は、その人たちの才能だ。火事の時、家に置いてきて焼けてしまうようなものなら、それはダイヤであろうと、骨董品であろうと、大したものではない。少なくとも私とは関係ないものである。身一つで逃げ出してもなくならない資質は、他人の私が見ても眩(まぶ)しく感じられるのだ。

しかし世間を見ていると、人々が関心を持つのは、焼けるとなくなったり、社会が大きな変動を見せると、瓦解するようなものが多い。例えば、どこの、どのような家に住んでいるかは、その人の特性とは、ほとんど関係がない。

しかし人間の本性に関わることなら、それは別の興味となる。昔、大手プレハブメーカーの社長が、子供にはできたら天井の高い家に住まわせてやりたい、と言った。「お寺の子供はみんな優秀です。考えてみると、お寺の子供たちは、高い天井の家というか、居住空間の中で育っていますからね」と言い、つまりコストさえ合えば、プレハブの住宅も、天井の高さをできるだけ高くしなければならない、と言ったことは、今でもこうして覚えているのである。

しかし私には、西洋の宮殿（パレス）は、そこに住む人にとって不幸な住居だという気がする。

マリー・アントワネットが権力の最盛期にあった時、小さな幸せを求めて、ヴェルサイユ宮殿の庭に「プチ・トリアノン」と呼ばれる離宮を造ったことは、その表れである。広い王宮は、権力欲に取りつかれた人たちの抗争の場で、温かくこぢんまりとした家族の幸福を支える場ではないのだろう。

スペインのマドリッドの王宮にも、最後に王室一家が立ち去っていく前に、別れを告げたという部屋があった。ガイドが教えてくれたのである。それは決して、大広間ではなかった。この広大な王宮の、どこにこんな小さな部屋が残されていたのかと思うくらいの、小部屋だった。そこで王家の人々は、何を語り合ったのだろう。

ただそこで明白だったのは、人間は家族と語らう時、どんな人でも、小さな空間を好むものだ、ということである。謁見（えっけん）の間のような飾り立てた広間ではなく、相手の体温を感じられるほどの小さな場所に、本能的に集まるということなのだ。

世の中には、その人の特性と全く関係ない状態を示すものがいくつかあって、男性よりもむしろ女性がそうした附属的な部分に興味を示す。相手が、独身か、子持ちか、家族持ちかはまだ興味の対象として許せるとしても、その人の配偶者がどこの学校の出であるか、どういう家庭に育ったかは、その人の資質とは全く関係がない。

それより私にとって興味深いのは、その人が茶の湯が好きか、登山の愛好者か、音楽好きか、というような事である。それらがむしろその人の本質だからである。

「お宅は立派なうちにお住みですから」

「お宅のお嬢様は秀才だから○○大学にいらっしゃれるのよ」

「お宅だからあんな外車に乗れるのよ。うちは国産車買うのがやっとですもの」

というような言葉は女性の表現だ。しかし、それほど空虚で嫌らしい言葉はないかもしれない。人を褒めるつもりなら、もっとその人の本質を評価する言葉を使わねばならない。それをしないかできない女性は、やはり人生をまっとうに見ている「人間」とは言えないのかもしれない。

第15話
「一人称」から離れて客観的に世の中を視る

人は常に自分に嘘をついている

私には生涯を通して付き合った女性の友達が沢山いる。

学校が小中高大学の一貫校で、しかも一学年一クラスに五十人ぐらいで、満六歳から二十二歳まで同じ友達と学校に通ったのである。

カトリックの信仰をもとに、修道女たちによって作られた学校だったので、当時は「修身」と呼ばれていた道徳の時間とは別に、信仰を教える時間もきっちりと確立されていた。嘘をついてはいけません、とか、自分のことは自分でしなさい、とか、いつも神さまの視線の中で生かされています、とかいう程度だったが、幼いうちから人間の自然な本性に対して理想とすべき形があるということを知らされたのはありがたいことだった。そうでなければ、私たちは、無限に「日々と時代に流される生活」をすることになったであろう。

その庶民的な道徳律の中に、他人の噂をしないということが含まれていたかどうか私は記憶にないのだが、我が家には明らかにそのような空気があった。私が学校で聞いてきたクラスの友人の家庭の話などをすると、母は止めはしなかったが時々退屈そうな顔をした。私がお調子に乗ってそのようなことを喋っていると思ったのかもしれないが、もしかすると母はもう少し深い意味で、遠くから私をたしなめていたのかもしれない。

女性の中には新聞など読まないという人はいつの時代にも多いが、その理由は「難しくてよくわからない」という人もいたし、「面白くない」と手に取ろうとさえしない人もいた。

現在、人々はまた、別の意味で新聞を取らなくなった、という。ニュースならテレビの方が早いわけだし、何も四千円前後の新聞代を毎月払うこともない、というのである。

しかし新聞の良さは、噂を聞かされるのと違って、大切かそうでないかをテーマや自分の好みで選び、その度合いによって記事を読む時間を変えられることである。また、私にとっては映像と活字では、自分に取り入れる時の楽しさの種類が違う。

噂話がいけないのは、多くの場合、不正確ということだ。そして噂話の伝達者は、ほとんどが女性なのである。一時代前、普通の女性は家事の専従者であった。針仕事や料理のうまい人はいくらでもいたが、社会というものに触れている人は少なかった。だから、世の中の姿を重層的に、或いは多角的に見るという姿勢が身についていなかった。

それを唯一補うものが噂話だったのだろう。噂話でも、全くしないよりは、した方が女性を社会とつなぐ機会を作っていたのかもしれない。事実とは違っても、女性は噂によって、道徳の基準を察知したり、複雑な社会の仕組みの認識を広げたりしていた面があったのは本当だ。

本質的には私たちは、自分のこともよくわからないのである。自分が自分に対して嘘をつくことはあり得ないと思っている人は多いが、実はそんなことはない。自分が現実より上等な人間であると思っている方が居心地がいいので、自分に対して嘘をつくことはよくある。自分に関して自分についた嘘はほとんど暴かれなくて済むので安心なのだ。嘘の最も簡単な形が、自分に対して嘘をつくことである。

絶えず虚構の自分を信じ、そこに安住する。そして「しょっていて、他人には厳しい人格」になる。これは振り子が、甘い方に振れている証拠だ。

しかし、昔から、絶えず自分が力のないものだと思い、道徳的にも自分を責め続けているタイプの人もいる。そしてそういう人が時には、謙虚な人だろうと思われるのである。

これは一見良心的な心の持ちようだが、これも一面では始末が悪い。事実の自分に迫ろうとして自分に絶望したり、時には自殺さえ試みたりするようになる。自殺は、当人は死んでしまうのだからそれで済むのかもしれないが、自殺した人の周囲は何十年にわたってそのことに悩み続ける。私は人間は最低限、他人にあまり迷惑をかけないで一生を終われれば、それでその人の人生は成功したのだ、と思うので、これは、最も人迷惑な生き方なのかもしれないと考えている。

何が言いたいのか伝わらない喋り方

女性は一般に、自分が喋る場合の言葉の正確さに対して、もう少し責任を感じた方がいいのかもしれない。女性は（もちろん私も）ものごとを正確に表現することに馴れていない。仮に日本製品精度監督機構という団体があるとする。女性の多くはその名称を覚えないし、さまざまな形に間違えて平気だ。「日本製品ナントカ監督機構」と言ったり、それに類似した間違え方をして喋る。そして「ごめんなさいね。私頭が悪くて……」などと言って通している。

しかし責任ある社会生活になると、そういう杜撰な感覚は、相手の名前を間違えるのと同じだから、許されないのである。相手の名前の田中一郎さんを田中太郎さんと間違えるということは、相手が寛大ならいいが、厳密な性格の人だと、それだけで不愉快と感じ、商談さえ進まなくなる。

女性は表現に関して「それで済む」と思っているところがある。女性たちが書くのは、私信が多いし、最近では、手紙などというものを書いたことのない人さえ多い。

私信はかなり迂闊に書こうが、次の便で「ごめんなさい、前の手紙で間違えてしまいました」と謝れば済む。しかし勤め人の男性たちの書く多くの手紙はビジネス文書だから、相手の名前だけではなく会社名を間違えても大事になる。使われている公式名称が、正字か略字かということさえ確かめねばならない。

また、女性の喋り言葉はよくわからないことがある、としばしば言われる。

「それで彼が言ったのよ」

「どの彼？　田中さん？　渡辺さん？」

と確かめる人の方がむしろ稀だ。お喋りの内容は、田中さんが言ったのでも、渡辺さんが口にした言葉でも、大した違いはないことが多い。その場の空気を表しているにすぎないのだ。

喋り言葉としてはあやふやなものに味がある、という現実は私にもよくわかる。それに私たちの身のまわりに起こることは、別にお化けの出現でなくても、明確でないことが実に多い。

しかし、自分が明確でない喋り方をしている、という自覚は常に要るだろう。

改めて言うまでもないことだが、或る事実を言語で人に伝えようとすることは、かなり緊張を要する行為である。普通伝達には、「誰が、いつ、どこで、何をした」の四つの要素が示されていなければならない。通常はそれにさらに二つの補足的な説明が要る。「何のために」「どんなふうに」である。軍隊や社会などの組織が報告書を書く場合、この六項目を相手に知らせることは基本だ。もっとも「何のために」は秘密にしておかねばならない場合もあるし、「どんなふうに」が伝えられるのは時期的にずれる場合もある。「そう、そんな大変な思いをして、これ持って来てくれたの！」と、私たちが感動する場合がそれに当たる。

しかし女性のお喋りには、その基本が欠ける場合がよくある。「いったい、誰がそう言ったの？」とか「そもそもそれは、誰がそのことを望んだの？」というスタートの点が曖昧なことが多い。

今までの女性の生活はそれで済んできた。それどころか、家庭内で難しいことが起こると曖昧な方がよかった面もあった。「それが……お話を頂きましてから、皆で相談したのですが、なかなかはっきりいたしませんで、そのうちに風邪が流行って、うちでも三人が罹（かか）ってしまいましたので、ついお返事が遅くなりまして……はい、おかげさまで、もう皆よくなったんでございますけど、まだ一人二人は咳がとれませんで……今年の咳はしつこいでしょう？　あらお宅も？　それは大変でしたわね。それでもお小さい方ももう学校へ行っていらっしゃるの？　それはよろしゅうございましたわね」

こういう会話は、そもそもの目的を達していない。答えというのは、極言すれば、イエスかノーなのだ。その後で、「どんなふうに」の項目が付け加えられるならいいけれど、最初から「どんなふうに」だと、聞いている者はいらいらする。公衆電話で、次に順番が来ているのに、前の人の会話がこの手の長話だと、後に並んでいる私たちは足踏みをしたり咳払いをしたりするが、その原因になっている「前の人」は大抵女性なのだ。

「私」の偏った感情が小説的味わいを生む

昔、大学で時間講師として、授業をしていたことがある。私は人に教えるということが好きではなかったので、最も基本的なことを自覚してもらうことから始めた。

「自分の家の所在」を人に教える時の言葉である。学生一人に、自分の家の場所（別に自分の家でなくても、友達の家でもいい）を地図に書いてもらい、それにその人の言葉で説明をつけ、地図の方は隠して、言葉による説明だけを何度か読み上げてもらう。

聞いている学生には言葉の説明だけを根拠に、手持ちの紙に地図として描いてもらう。でき上がったところで、「自分の家」を説明した当人に黒板に地図を描いてもらう。学生たちは、それと自分の描いた地図を合わせてみるのだ。場合にもよるが、半分以下の人たちしか、正しい地図を描いていない。言語によって場所を示すということはそれほど難しいことなのだ。

「駅を出て真っ直ぐ行くと、三つ目の角に酒屋がありますから、そこを曲がって……」

という式の説明になると、これは最早間違えるのが当然ということになる。普通、駅には改札口があるが、改札口を出ると、一般的に三方向の進み方があるのである。直進か右折か左折である。しかしいずれも歩行者にとっては、「いずれかの方向に真っ直ぐ行く」という感じなのだ。

私は軍隊や輸送の仕事に関わったことがないけれど、恐らくこうした分野の職業に就いている人々は、極めて厳しい表現の約束事を守らされるのだと思う。その点、女性はそのような習慣に対して厳しい感覚を持っている人が少ないように思う。「真っ直ぐ行く」という表現は主観的であるが、「改札口を出て、右の方角に百メートル行くと」という説明は、「私の」感覚ではない。誰でも、その行動に参加する人が共有する体験である。また、酒屋がある三つ目の角も右折か左折かはっきりしない。

「私」を主にしてものを喋るか、主語は私でなく、英語で言うと「one」か「he」で喋るかが、表現の感覚の大きな違いになると思う。

その点、日本には「私小説」と呼ばれるものがあり、作家が男性でも女性でも、「私」で自分を語ることが許される。それは客観的である必要もなく、女々しくあっても構わず、偏った感情が、特定の場面に注がれても許される。それは客観的報告ではないが、そこにこそ小説的味わいが出るのである。

世の中に男性と女性がいて、歴史的過去から、男性は主に客観的報告を書き、紫式部と清少納言以来、女性は主観的描写をする役を負って来た。だから、性的偏りがあっていいのだが、女性の場合は自分の書く文章が女らしい主観性に傾く恐れがある、ということだけは常に自覚しておいた方がいい。

第16話

些事は大事の元であるが故に、決してバカにしてはいけない

女性は小説家に向いている

先日テレビでアインシュタインの伝記風の番組をやっていたが、私はライオンや飛行機事故の番組は見るくせに、この番組に限って一回も見なかった。アインシュタインの功績の一部さえわからなかったからだ。

例えば、私は歌舞伎については、平均的な日本人程度の知識しかないが、それでも一部を知っている。弁慶が義経をかばうために勧進帳(かんじんちょう)とみせかけて字の書かれていない巻物を読むトリックが、さわりの所だということくらいは知っ

ている。

しかしアインシュタインについては、相対性理論という五文字しか知らない。そしてそこまで聞いても、その先の推論は全くできない。「相対」と「理論」という二つの単語の意味はわかっても、その内容が全く私の心や生活に染み通らない。だから番組に対する興味のとっかかりもないのである。

こういう全く欠落した部分があるのが、女の（というか私の）悪い癖ではないかといつも思っている。大体すべてのことを万遍なく知っていて、その一部について深く知っているというのが人間の理想の境地なのだ。しかし私の場合は世界中のほとんどのことを知らなくて全く知る必要のないことをかなりよく知っている、という無駄な生き方をしている。

男性はどんな職業についても不自然ということが少ない。政治家、会社の社長などは大体、男性である。だから私は以前ロータリークラブなどに招かれて、短いスピーチをした時、かなりの数の女性メンバーがいるのを見て嬉しかったものである。

しかし、女角力（ずもう）となると「いったいどういう人だろう」と真っ先に特殊な興味が湧くのを抑え切れない。それに私はまだ女性闘牛士も見たことがないし、軍隊の女性指揮官も知らないが、そういう人は既に現れているのだろう。

全く性格にもよるけれど、女性は大局を見ず、些事にこだわる、と言われる。女性が小説家に向いているのは、小説というものはそもそも「大説」ではなく、つまり些事を書く仕事だからである。

しかし政治家となるとそんなことも言っていられない。些事を決してバカにしてはいけない。よく、事故は「バカのようなバカげたこと」から起こる。それらすべてが些事なのである。

些事は大事の元である。私たちの生活では、些事の一つ一つがこの世で意味のあることだと確認させられる。時々「些事はどうでもいい。気にするな」と言う人もいるが、多くの仕事は些事を正確に処理し、確認するところから始まる。小説に至っては、歴史小説以外のテーマは、七、八十パーセントが些事である。些事というのはつまり人間性そのもののなのだと思う。

世の中には多くの「かわいそうな人」がいる。かわいそうな人の中には女性も多い。昔の女性は、ことに男の稼いでくる金品で生活することになっていたから、その社会構造からはみ出た人は、生きていけなかった。だから戦前、町の歩道に座っていたのはほとんど女性だった。

敷物もなく地べたに座っているのである。もちろん衣服は垢だらけ、泥だらけだ。時には通りすぎる人の憐れみを乞うために、わざと人前で乳飲み子に乳を含ませたり、髪を乱したりしていた。当時は国家的にも社会的にもそうした明らかな経済的弱者を救済する制度は全くなかったのだ。

芸術にも、スポーツにも、女性である故になれない分野はなかったが、角力やボクシング、レスリングなど力業は別であった。水泳などはむしろ男性より女性の選手の方が人気が高かった。

しかし時には、政治家や経営者になれても陰にこもった差別感がないわけではなかった。そうした女たちは、髪を刈り上げにして、スカートをはいていながら胡座をかいて座るとか、さまざまな悪口の言われ方をした。

私は理数科が苦手だったから、世の中のことを大きく二つに分けて、理科的な部分に属することはすべて理解不能だと考えた。

しかし、そうばかりも言えなかった。

若い頃、私は或る小説を書くために、船の勉強をした。退職した元船員を先生として、全く知らない商船の生活を教えてもらったのである。

軍艦と商船とでは細部の呼び方も違う。デッキを指す日本語の「甲板」でも、軍艦では「こうはん」と発音し、商船では「かんぱん」と発音する。

その結果、海に関するいくつかの作品を書いた。その一つが、再処理済みの核燃料を積んで、ヨーロッパから無寄港で日本まで帰って来た「あかつき丸」という特殊な輸送船の航海をモデルに書いた『陸影を見ず』である。

こうした特殊な目的を持つ船が、どこの土地かに寄港すれば、反対運動、入港拒否、「ピースポート」の接近などのいやがらせが始まる。だからどこへも立ち寄らなかった。船員はひたすら我慢し、船は油を食わないように経済的速度を保って仕方なくノロノロと、敢えて他船があまり通らない危険な航路を走った。

日本の南にある伊豆・小笠原海溝の上がその海域である。そこは海底火山の走っている海なので、万が一の噴火を恐れて、一般の商船はできるだけ避けるようにしている、と当時は言われていた。今はどうなっているのだろうか。「あかつき丸」が敢えてその航路を取ったのは、悪い道を選べば車通りが少ないのと同じで、人目につかず、他船の嫌がらせを受ける機会も減るからである。

責任を引き受けることで個性は輝く

昨日（二〇一七年十一月八日）、私は仕事で硫黄島へ行った。厚木基地から、自衛隊の輸送機でほとんど真南に二時間半ほど飛ぶ。まず伊豆諸島の上を南下、それから小笠原諸島の上にさしかかる。硫黄島は、その南の端に近いところにあるのだった。

かつて「あかつき丸」が敢えて危険を冒して通った火山列島の海域を、私は、今度は空の上から眺められた。その感動は大きい。その海域を避けて通った船（つまり普通の商船）も、敢えて選んだ船（再処理済み核燃料輸送船）も、乗員皆それぞれに、無言のうちに日本人として果たすべき役目を守った人たちだった。私はそのことに感動し、日本人であることに誇りを覚えた。

本当は女性も男性もないのだ。人間として果たすべき役目を果たす人は誰もが人間として立派なのだ。

「女性だから、できない」「女性だから、ムリだと思う」という科白（せりふ）を私は好まない。「私の体力ではムリだわ」ならまだいい。人は決して同じような条件で生きているものではないからだ。

体力が弱くても、音楽の才能に秀でた人も、料理の天才も、いくらでもいる。「女性だから」という言葉は、個人の責任を集団のせいにしている。かなり卑怯なやり方だ。

個性が輝くというのは、個人の責任をあくまで引き受けることである。それを他人のせいにする時、男でも女でも、もはや個性を失って、集団の一人と化しているのである。そういう精神を別に労る必要はない。

珍しい体験だったから硫黄島のことをもう少し書こう。

以前は、そこには一般の住人はいなかった。小動物も鳥類も目立たない。今そこにいるのは、海上自衛隊と島内で主に土木の工事をしている大手ゼネコンで働く数百人だけである。しかし女性は一人もいない。犬も猫もいない。

なぜ女性がいないのですか、と私は聞き忘れた。今は自衛隊にも、女性が多い時代なのに。

この硫黄島での現在の生活は、日常的でない。島には一軒の店もない。空港の一連の建物のどこかに購買部の部屋があって、週に数日、数時間ずつ開店するだけだ、という。

男性が数百人いるというのに、一軒の飲み屋もない。もちろんパチンコ屋も本屋も喫茶店もレストランもない。島の周囲は約二十二キロあるのだが、個人の車も持ち込まれていないらしく（行く所がないから当然である）ガソリンスタンドもない。

島に三週間勤務すると、一週間の休みがもらえるという。しかし同じ島内に自宅がある人はいないわけだから、すべての人々が自衛隊の輸送機に乗って本土に帰る他はない。輸送機は車輛なども運ぶようになっている、内部が広大なプロペラ機で、ブルルン、ブルルンとプロペラが音を立て、装備の金属が、どこかでカチカチ鳴っている。高度三千メートルに達すれば少し寒く、内部の照明も暗いから読書もしにくい。そのような飛行機に二時間半乗らねば厚木基地まで帰り着けないのだ。

最近では、テレビや読書用の照明も娯楽の設備もなしに二時間半も飛行機に乗ることはない。しかし私は持参した本のおかげで、少しも退屈しなかった。往復に二時間半ずつで、ほぼ半冊は読めたのだ。途中で日暮れが来なかったらもう少し読めたのだが、輸送機の中は皆が読書をするようにはなっていない。

余計なことだが、この飛行機の中にはトイレがなかった。「どうしても必要な人はお申し出ください」とどこかに書いてあったそうだが、途上国調査や自衛隊との行動など、すべては、食事の時以外トイレに行かない訓練ができていないと不自由する。

しかし、多くの女性は精神的にこれができない。「トイレがない」と知った時からトイレに行きたくってもう落ち着かない。どんな環境にも耐えられるように体を馴らしておくのが、男女の差別をなくす第一歩なのかもしれない。

第4章

女と男は違いがあるから面白い

第17話

女性と男性を同じ基準で比べることは不可能である

フェミニズムが見落としているもの

長い年月、「フェミニズム」という言葉は、外来語の中でも私にとってひときわ落ち着きの悪いものであった。字引を引いてみると、「女権拡張運動」「女性解放論」などと書いてある。

ところが、私が見渡した世間では、一人の人間が持つ権利が、他者と同じであったことなど一度もないのである。人間が有する権利には、法律がどんなに守ろうとしても、必ず誰かと違う部分がある。

女性がその性故に拘束されるということなく、男性と同じように解放されるということも嘘だ。男性もまたそれほど自由ではなく、男であるというだけの理由で、縛られ義務を負わされている面もあるのだから、比べることは初めから不可能なのである。

一人の人が完全にしがらみから解放されて、完全な自由を得ることなどもない。普通なら、人は誰でも家族という繋がりを持つだろう。家族を持たない孤児でも、日常的な生活の場で、やはりそれなりの人間関係を持っている。私は生まれた時から強度近視だったので、広い意味での接客業には就けないと自覚していた。人の顔を覚えられないからである。こうして年をとってからは、死にもしないけれど、治ることもない膠原病（こうげんびょう）と付き合って暮らしている。私の場合、軽度の体の痛みと発熱で、活動が制限される。これだけでも、完全に誰かと同等になれるというわけでもなく、身体的自由を満喫しているわけでもない。

言語にも現実にも、必ず、そういう「不実」な部分がある。その典型は、例えば「日本は民主主義国家です」という言葉だ。この短い文章の中には、曖昧だが同時に解釈できる二つの意味が込められている。

一つは、現実に日本がかなりの民主主義的国家として存在しているという意味だ。私が少女期を過ごした太平洋戦争前と比較しても、社会はひどく違って来た。戦前に「レディ・ファースト」などという習慣は日本の社会になかった。私は外国で暮らしたことはないのだが、非公式の場なら、現代のアメリカの大統領だって、知人の女性と戸口を通る時には、彼女を先に通すようにするのだろう。

私は戦前、日本の儒教的社会で育ったのだが、当時の私の学校にたくさんいた欧米人の修道女たちから、ドアの所では、男の先生に先に出て頂くという教育を受けた。終戦後も同じだった。日本の文化が儒教的なら、それを敢えてヨーロッパと同じに変えるのはいけないことで、日本人はあくまで日本人としての立ち居ふるまいの礼儀を身につけるべきだ、というのが当時の欧米人の修道女たちの教育の基本理念だった。私はその、時流に乗らない骨太の思考をみごとに守った修道女たちの生き方に深い尊敬を抱いた。

「日本は民主主義国家です」という言葉には、もう一つの意味がある。それは「今は少し違う点があるかもしれませんが、（理想としては）日本は民主的な国家を（常に）目指しています」という意味だ。

ドイツ語では、この二つの姿勢の違いははっきりしている。前者は「既にそのようである」という意味で「ザイン（sein）」という動詞を使うケースに当たり、後者は「そうであるべきと考えています」という意味を含めて、「ゾレン（sollen）」を当てるのがいいのだと思う。日本語には、そういう点を曖昧にする特性がもともとあったのか、そのような言葉の機能も一種の便利なものと考える国民性が敢えてその部分を存続させているのか。私は後者のような気もする。

この場合の「民主主義国家」というキイ・ワードを「男女同権」という言葉に嵌め替えても、同じような結果が出るのだろうと思う。

「日本は男女同権です」という日本語が、かなり前から、全く成り立たない社会ではなかったのだ。お父さんが絶対の権限を持っているように見えながら、実はお母さんが家政全体を取り仕切っていたりする例はいくらでもあった。ことに日本の家庭では、主婦が財布の実権を握っている例がほとんどだ。稼いで来るのはお父さんなのに、お父さんはお母さんの顔色を見ながら、小遣いをもらう。不満がないわけでもないだろうが、「致し方ない、まあそんなものか」と納得しているのである。

人との「差」の中に尊敬の発芽がある

しかし女性の中にも、現実の自分の周辺の社会状況に少しも動じない人もいる。

私の知人の男性は、アラブ系の女性と結婚した。結局は数年後に離婚したのだが、婚約中に彼はいろいろと相手に口約束をした。「五年経ったらベンツを買うから」などというようなことだったという。彼は金融業界で働いていたので、その言葉はいかにも実効性があるように思われたのかもしれないが、現実はそうならなかった。彼が言うには、日本人の妻なら、そういう時、黙っていても日常生活の中で、夫の立場を察する部分があるはずだ。日本全体の景気が悪いのだから今は大変なんだな、とか、夫の働く会社が従業員の犯罪に巻き込まれたからとか、少なくとも説明すれば今会社は不景気なのだという事情もわかる、というのである。

しかしアラブ人の妻はそうではなかった。彼女は、「あなたは五年でベンツを買うと言った」の一点張りであった。事情や状況の変化に対して聞く耳を持たない硬直した精神の人は世の中にけっこういる。それが悲劇の元になるのである。

私は掛け声だけのフェミニズムが無駄だとは思っていない。人生には掛け声のようなものがあった方が楽にスタートする場合も多い。

私が親や学校から教えられた最大の教育的習性の一つは、自分が辛いことは他人も辛いだろうと思うことだ。こういう原初的な感覚さえ持てないままに大きくなってしまう人がいるから、平気で人を殺すのだし、男女の不平等も出て来る。

サハラ砂漠縦断旅行の時に、岩漠の上を一日に十キロ近く歩いて、古い岩絵を見に行く日があった。車が走れる道は全くなかったからである。

私は自分の弱さを知っていたので、背負ったリュックはごく軽くしていた。それにもかかわらず、数キロ歩くと、私は背中の荷物を重いと感じるようになった。同行者の中の一人は、大学時代から山歩きをしていた人だった。彼は私の情けない体力を予測していたらしく、しばらくすると私のリュックをそのまま自分の荷物に入れてくれた。

資質が違う、と思う人は、性差の中にも個人の能力差の範囲にも、世の中にたくさんいる。同じになれるということの方が例外だ。しかしその差の中にむしろ私は相手に対する尊敬を感じる幸福を味わって来たのも事実なのである。

第18話
「育メン」に頼りすぎると、種の存続の法則から逸れていく

「生理休暇」という奇妙な制度

昔、口の悪いボーイフレンドから、

「女っていうのは、人間じゃないんだよな」

と言われたことがある。その頃の都会の「不良青年たち」は、現実の行動としては、決して性的な無礼を働くことなどせず、ただ言葉の上で女の子をからかう趣味があったのだ。

「どうして女は、人間じゃないの？」

と私は尋ねた。

「英語で『マン』という言い方をするじゃないか。冠詞をつけない場合、『人は……』という一般的な意味で、特定の人じゃなくて、人類全体を代表する。しかし『ウーマン』というのは別種だ。つまり人類には入らないってこと」

私は男兄弟がなく、小学校から大学まで女子校で勉強して、男の心理を全く知らずに育った。友達がお兄さんのことを話す時には、耳を澄まして聞いていたが、妹というのは厳しいもので、同級生は総じて兄弟のことをあまりよく言わなかった。

一番ひどい呼び方としては「何よ、あの臭猫」というのがあった。詳しくは聞かなかったが、靴下が臭くて、足が臭くて、シャツが臭くて、つまり傍へ寄るのも嫌なのが兄、ということらしかった。

私はそれから十数年して作家になった。この世界は清少納言や紫式部をはじめとして、女性作家が自由に伸びていける世界だから、はるか後輩の私が、女性の権利拡張のために頑張る必要もなかった。作家というものは、作品が世の中にどうやら通るくらいのできになっていれば、それでいいので、どんな人が書いているかは、別に問題ではないのである。これが女優さんだったら、やはり外見が問題になることもあるだろう。しかし作家には顔など要らないのである。

先輩の男性作家の膝の上に乗ってお酒を飲まねば「編集者に紹介してもらえないよ」と言う人もいたが、現実に作家の道を歩きだしてみると、そんな必要性は全くなかった。それに大抵の男性は、女性に好みがあるから、好きなタイプでもない女性に寄って来られたら、むしろ迷惑だろう。こういう心理は女性の方から見ても同じである。

だから私は、多くの男女の編集者とは、長い年月親しくしてもらったが、自分の仕事の上で、先輩と逸脱した親しい間柄になる必要はなかった。

一九五〇年以降の日本社会で生きるようになった私の中には、すでに世の中は、性差別などしていられない時代になっているという実感があった。これだけ厳しい世界経済の中で、日本が競争に打ち勝つ必要が出て来ると、男性しか正社員として採用しないなどと言っていたら、すぐにその会社は同業者の後塵を拝することになる。男でも女でも、とにかく「できる人物」を社員にしたいのである。

その代わり女性の方も、女性だから、という言い訳は通用しない。女性だから危険な所にはいかないとか、残業はできないとかいうことは許されないのである。

しかしそういう時代になっても、必ずしも女性が、対等に仕事をしていこうとはしなかった。女性の権利について喧しく叫び立てたし、こういう姿勢が無駄だったとは言わない。しかし私はそれをすると、やはり根本のところで女性差別は抜けないのではないかと思っていた。

当時一番おかしかったのは「生理休暇」という制度が当然と思われていたことであった。女性から、生理期間中に就業が著しく困難だという訴えがあった時には、働かせてはならないということだったが、今ではこんな言葉を聞くことはほとんどない。一般の事務などを行う部署の夜間労働についても、何か規則があったらしいが、私はよく知らない。ただ当時私の知人男性が、「徹夜麻雀をやれる女子を、どうして労る必要があるんですかね」と言っていたことだけ、よく覚えている。差別を言い立てる女性が、実は一番差別を助長していた、というのが私の印象である。

　フェミニズム運動の下に、女性が自分から差別しようとしていることも実に多かった。私は時々、シンポジウムとか講演会に呼び出されることもあったが、その場合にも「女性のための」とか「女性だけの」とかいう制約を自ら作っているグループがちょくちょくあった。そして、「聴衆も女性に限っています」などと思いつきのようなことを言う。その度に、私は頑固に、「そんな差別をするところの講演は引き受けません」と言い張った。今考えると幼稚な抵抗だが、私は当時は本気だった。

子育て中の女性は職場で特別扱いを受けるべきか

私は、子育て中の女性が、職場で特別な扱いを当然のように要求することを認めなかった。子供がいようがいなかろうが、男性と全く同じ条件で働くのが男女同権の本質である。

私は自宅で働いてくれている秘書たちにも同じことを要求した。結婚して子供ができたら、一旦退職してもらうのである。赤ちゃんは、よく熱を出す。職場にいるお母さんに「熱が出ましたから、すぐ帰って来てください」と言われたら、どこの職場でも母を帰さねばならない。しかし、机を離れても誰も困らないようだったら、その社員は一人前ではないという証拠なのだ。我が家のような小説家の仕事場でも、そんな秘書は要らない。

子供が生まれると同時に辞めてもらうという制度はひどいと言う人もいたが、それは雇う方の自由だ。その代わり、私の家では、子供が一定の年齢に達した時、当人の希望があるなら必ず復職してもらう。その間は、多少収入が減っても、貧乏しながら、子供ととことん関わって——私流の表現をすれば、母と子は「犬ころのようにいつもいっしょに触れ合って」――暮らすのが、生物学的にも理に適っていると思うのである。

この期間は客観的に何年間とは言えないが、最低限小学校に上がるまでは、子供はいつもいつもお母さんといっしょにいた方がいい。小学校へ上がると――子供の性格にもよるが――次第に親よりも友達がよくなる。授業が終わっても、部活などしていて、なかなか家に帰って来なくなる。

その頃に親は復職して、子供との距離を自然に置けばいい。「おうちのローンがあるからお母さんは働かなきゃならないの」という理由も理解するようになる。自分が帰って来た時、お母さんが必ずしも家にいなくても、留守番をしながら待っているという手助けができることを、幾分誇らしく思え、その義務感で耐えられるようにもなる。

お母さんが、一時間、二時間と残業で遅くなる場合も、寂しくてもガマンして待っていることができるようになると、その間に子供は実に大きなことを学ぶ。困難に耐える時、子供も成長するのだ。だから私は必ずしも、代々の秘書たちが、私の家で働いて、一定の時間、子供に留守番を味わわせるのを、別に悪いとは思わなかった。私自身、厳しい生活の中で育ってきた。親の夫婦仲が悪かったので、お嬢さまのような暮らしなどできなかったのである。しかしそのような形で早くから世間に触れてきたおかげで、私は小説も書けるようになった。大勢の人といい友人関係も持てるようになった。理由のある苦労は決して悪くない。

シングルマザーがしなければいけない重大な覚悟

最近は「育メン」ということが言われるようになった。父親も子育てを負担せよ、ということである。それが結果的に男性の負担となることも多いという。父と母の双方が疲れて、家庭生活がギスギスする場合さえあるという。

それは当然なのだ。昔のお母さんたちは、子育て中は外へ出る仕事などしなかったものだ。野良で働いているお母さんたちは畑に赤子を連れていったが、普通はお母さんは家にいて、子育てに専念した。

私はそれだからこそ、子供を育てられると思っている。子供が夜泣きをしてお母さんが寝不足になっても、昼間うちにいられれば、子供と添い寝をしながらでも、睡眠不足を何とか補える。それだから、お父さんが帰って来る頃にはご飯の準備もし、残業して帰って来たお父さんに、茶碗洗いなどさせずに済んでいる。

女性が結婚しても、子供が生まれても、仕事を辞められなくなった理由の一つは、皆貧乏暮らしをしなくなったということである。昔は、結婚すれば六畳一間を借りて新婚生活をするのも当然だと思われていた。しかし今はそうでもない。すぐにいいマンションで暮らしたいという。だからローンや家賃が負担となり、そのために共働きを強いられる。

若い時の貧乏は、少しも恥ではなかったし、むしろ振り返ったら楽しい時期だったのだ。それが今はそうではないらしい。人々は貧乏して暮らす方法を全く知らないのだ。

もう一つの理由は、結婚の形態の変化である。昔は大抵の家が大家族だった。

いろり端に家族全員が座ると十人などという光景は農村にしかないとしても、夫の父母と暮らす夫婦はまだいくらでもいた。そういう家庭では、子供の守りは祖父母がしてくれた。いつもでなくとも、「ちょっと見ていてくれる時間」があった。

今の若い夫婦は、結婚すれば二人きりの暮らしをしたがる。「ジジつき、ババつきはまっぴらごめん」という言葉で舅姑との同居は拒否して当然という空気も生まれた。核家族で子供が生まれると、孤立無援になる。それが保育施設が不可欠の存在だという状態を生み、待機児童問題へと繋がったのである。

もちろん核家族の発生には理由がある。青年たちは故郷を離れて就職し、結婚しても生活の基盤は昔からの家族と離れている。何世代かが一緒に住めるだけの広さのある家は、都会ではとても手に入らない。だから核家族が生まれるのも、或る意味では当然なのだ。

もう一つのケースは、例は少ないかもしれないが、選択的シングルマザーの場合だ。私は父母の生活を見ていて、結婚生活に少しも夢を持っていなかった。

だから将来子供を持つなら、非婚のシングルマザーがいいと思っていた時代もあった。

しかしそれは一つの観念だったのだ。例えば、鳥類のかなり多くの種は、雌雄で子育てをする。そうでなければ、子供を外敵から守ったり、餌を取って来てやれないのだ。だから人間がシングルマザーで子育てをしようとして困難な状態に陥るのも仕方がないことなのだ。

もちろん、父親なしで子供を育てるという決心に私は基本的に賛成だ。しかしその場合、シングルマザーは重大な覚悟をする必要がある。

第19話

「女だから無理」なことはほとんどないと思っていい

男性が多い職場に進出する「新しい女性」

私が子供の頃は戦前で、男性と女性の間には、まだ世間で働く職種にも、はっきりした区別があった。いや、それ以前に、「職業婦人」と言われていた働く女性も極めて少なかったのである。私の両親は仲が悪かったので、母は何回か、離婚することを考えていた。だが、父は母に対抗して、一切の財産を渡そうとはしなかった。自分に不貞の事実があったわけでもなく、酒乱でもない。離婚しようというのは、妻の方の身勝手だから、ささやかな財産を渡す理由は一切ない、というわけだ。

そんな時、私は子供心に真剣に母の働ける道を考えた。母は昔の女学校を出ただけで、何の資格もない。今にして思うと和裁が達者だったが、当時はそんなことが、生活の足しになるとは思えなかった。

母は離婚しても食べていけなかったから、離婚しなかったと言っている。自活できれば、母は多分、自由な道を選んだに違いない。

もう昔とは違う。しかしその時以来、私は女性は必ず、自分で生活するお金を稼げるようにならなければならない、と思うようになった。今の時代には、女性の働く場所は、仕事さええり好みしなければどこかにあるだろう。しかし母の時代にはあまりなかったのだ。

戦前と現在と比べてみると、ごく日常的なことで、私は「新しい人」を身近に見るようになった。

男性でも、手料理のうまい人があちこちにいる。別に専門の調理師でもないのに、である。幼い子供の保育の仕事をする男性も出て来て、子供も男性に面倒を見てもらうことを喜ぶという。

一方女性でも、昔なら男性がすることと決まっていたような仕事をしている。建設会社では、女性の重機のオペレーターがあちこちで活躍している。別にダンプカーの運転をするのに力が要るわけではないだろうが、ダンプを動かせる女性は何となく立派に見える。


男女がいっしょの空間にいないことを掟としているイスラムの国の女性教師を、日本に招聘した事があった。自衛隊がイラクに派遣されていた時代、私は日本船舶振興会という組織に勤めていた。その財団は、海上保安庁ともいっしょに仕事をしていたので、私はお願いして、東京湾の海保の仕事をイラクから招いた女性たちに見せてもらうことにした。

私は同行しなかったのだが、彼女たちの感動は、一口では言えないほどのものだった、という。第一に、海というものを見た事がなかったから、東京湾の眺めを前にして、驚嘆した。イラクはほとんど海のない国である。こんな広い水溜まりは初めての光景だった。

第二に、海保の巡視船では、男女がいっしょに勤務していた。あの狭い船の中で、男も女もなく、同じ勤務に就いている。それも、イラクでは見たこともない光景であった。

イスラムの家庭には、通常「女部屋」というものがあって、そこには男は入れない。男女がいっしょに何かをするのは、大学ならできるかもしれないが、普通はありえない。

第三に、これは海保の心憎い配慮かもしれないが、その巡視船の船長は女性だった。女の命令一下、男が従うのである。そんな光景も、イスラム世界では見た事がなかった。イスラムの暮らしでは、常に男が命令し、女が従うものであった。

日本でも、政治の世界は遅れている、と私は思う。女性議員を何パーセントか決めて出してほしい、というような要求を出しているのは、女性差別もいいところだ。出たいという人がいないなら、放っておくより仕方がない。それほど政治の世界は魅力がないところだ、という証拠なのだろうか。

私にとって、尊敬できる人というのは、どんな仕事でも、男と同じにできる人である。というより、何でもできる人、が素晴らしいに決まっている。

こう言うと、最近ではすぐに、障害者はどうするのだ、というような反論を受ける。別に絶対的な能力だけを問題にしているのではない。その人個人として、どれだけ生き抜いているかが、人生では問題であり、魅力になるのである。

「一人前の人間」になるための条件

最近、私の好きなアメリカの番組に『ザ・山男』というのがあって、それはアメリカのほとんど住む人もない山奥に、自分の力だけで住む孤独な男たちの暮らしを紹介するものだ。

彼らは、雪深い冬にも自分で建てた小屋に一人で住み、燃料も周囲の森の木を切って自分で蓄え、冬季の食用の肉も自分で獲物を撃って確保し、何十、何百キロもスノーモービルやオンボロ自家用飛行機で移動する。電気・ガス・水道は一切ない。守ってくれる力は、自分にしかないという環境である。

私はその番組の中に出て来る生活の知恵を、いつか自分が使わねばならない時が来るのではないか、と思って見ている。こういう心配は全く見当違いで、私は恐らく終生、この都会で安穏に暮らし、電気・ガス・水道のお世話になって生きられる。仕掛けた罠にかかった野獣の仕留め方や皮の剥がし方、なめし方など知らなくても済むのである。それにもかかわらず、私はいつか役に立つかと思って、この番組を見ている。ご苦労さまな話だ。

それは私が、できたら何でもできる人になっていたい、という密かな望みを持っているからだ。


現実の私は、何でもできるどころか、実はくだらないこともできない。瓶の固い栓を抜く力もないし、古い我が家にはいまだに雨戸というものがあるのだが、それが戸袋の中で斜めになると、元の位置に戻すこともできない。しかし男手だと、そんなものは問題にすらならない。

棚くらい自分で材料を買って来て、自分で吊りたい。大雨で家が浸水しそうになったら、自分で土嚢を積んでその流れを防ぎたい。屋根が飛んだら、自分でブルーシートを上げて、応急処置をしたい。と思うのだが、そのどれも私にはうまくできるとは思わない。

私の子供の頃でも、家には既にガスも電気もあったが、それにはそれで技術も必要だった。ガスでご飯を炊くことは、母に言われてできるようになった。戦争中の物資の不自由な時代を過ごしたから、薪でもご飯は炊ける。お風呂を沸かすのは、薪と石炭だった。

当時は、母に言われて嫌々やったのだが、そのおかげで、私は少し「山男」の世界に興味を持ったのだ。

山男たちは、パン用の粉は買って来ているように見えるが、動物の肉は自分の鉄砲で撃たねばならない。生きものを殺すのはかわいそうとか、血を見るのは嫌などと言っていたら、生きていけないのだ。

こういう点でも、女性は男性と同じにならなければならないだろう。肉を食べるのなら､殺す勇気も持たなくてはならないのが理屈だ。今の女性はまだ｢嫌だわ、そんなこと！」と言っていれば済む。しかしそれでは一人前の人間にはなれないようにも思う。

私は現実的な見方をするのが好きなので、例えば薪割りをするような時、男と女が、同じ作業力を発揮することは現実問題としてできない、と思っている。こつを知っている樵（きこり）でなくとも、男の方が、時間あたり多くの薪を割るだろう。それは仕事に適した特徴であって、女の方が「劣等」であることを示すものではない。

近年、男女の能力は全く同じと考えるのが当然となり、その結果、同じ生活環境で男女が働いてもいい、という考え方が増えて来た。全体の方向としては、私はそれも好きだけれど、例えば、毎夜帰りが遅くなるような仕事を女性がこなすには、それなりの状況が整わなくてはならない。

どんな仕事であれ、夜遅く、暗い道や、人気のないトンネルの中を必ず通勤に使わなくてはならないような環境は、あまり女性にふさわしくない。犯罪というものは、一面で常識的な場面で起こる。人気のない暗い所でなら、襲われることもあるかもしれないが、賑やかな人通りの多い所では、そういった犯罪はしにくいのである。こうした現実がありながら、自分の場合に限って、この手の事故を防げると思うのも、過剰な自信のせいかもしれない。

女性が自分で自分を守れるのは、武術を身につけている場合で、私は合気道や空手などに熟達した女性を、心から尊敬している。母が、子供の時、ピアノや日本舞踊などを習わせることなど考えず、私に武術をしつけてくれればよかった、と思った時もあった。別に道の真ん中で、派手な立ち廻りなどしなくても、何らかの武術の心得のある人は、攻撃して来る相手の指一本取るだけで、動けなくすることも可能なのである。

もっとも、力というものは決して武力だけではない。国家の間で力となり得るのは、戦車や戦闘機などの、兵器だけではないのである。その国の文化、技術、産業、教育程度、国際間の貢献度など、総合的な持ち味が力と言われるのである。最近では、芸術やスポーツの分野で活躍した人も、ノーベル賞を取るような科学者も、同じように国のために貢献している。同時に、農家で素晴らしい農産物を作る人も、社会の力の要素だ。

女性でも、才能を生かす人でいてほしい。茶道や華道がただうまいだけではなく、それを身につけ、私のようにそれらに昏い人間にも、その真髄を伝え、自分も生涯にわたって楽しむことのできる人が、本当の力の持ち主だと思う。

「女だから、無理よ」という言葉だけは使ってほしくない。

第20話

女性にまつわるその「常識」は世界では通用しない

男か女かわからない人

時々町で、女性か男性かわからない人を見かけた時の数秒間の私の動揺は、かなり心理的なエネルギーを消費するものだ。最近はこういう不安そのものが、ポリティカル・コレクトネス（差別や偏見に基づいた表現を政治的・社会的に公正・中立的で、なおかつ差別・偏見が含まれていない言葉や用語に是正すること）に反しているという空気さえあるから、一層罪悪感もつのるのである。

最近の名前は「子」がつかないのがほとんどだから、作家で、未だに男性か女性かわからない人もいる。しかしこの場合は、ほとんど気にならない。その人によって書かれた作品が、私の心を打つかどうかだけが問題なのだ。

しかし、その人自身とつき合うことになると、私は性別がはっきりしていた方がいい。人間には男性と女性しかないなら、そのどちらであるか明確な方がいい。動物学者は、自分の研究対象の分類を知らないことはない。哺乳類だとか爬虫類だとかいう類別をしていない学者はいないだろう。それが土台となって、それからの研究が始まるのである。

相手が声からでも仕草からでも服装からでも性別がよくわからない場合、私はこっそり相手の首を見て、喉仏が出っ張っているかどうかを確かめる。喉は顔のすぐ下だから、観察する時、あまり無礼にならないで済む。性別は、相手を理解する基本だ。それが性差別だなどとは思わない。

おかしな話だが、性別不詳な人に、出先で「トイレはどこでしょう」と聞かれた場合、個人の家ならいいけれど、ホテルやデパートだったら、案内する場所が違う。そんな時相手に「男性用トイレですか、女性用のお化粧室ですか？」

などと聞けるか？　相手にそのような心理的重圧を感じさせないためにも、個人と社会はまず性別を単純に明確にしておく方が相手に親切というものだろう。

そう思うと、近年、社会は男女平等の波に押されて実に愚かしいことをやってきた。看護士・看護婦という職名は性差別を匂わせるから、看護師という名前に変えたのである。

しかし病人には性的な条件がある。体を洗う、排泄物の処理をする、というようなことは、できれば患者が心理的な負担を感じなくて済むように、同性がいい。だから肩書きは一目瞭然で、女性の看護師は看護婦のままにし、男性の看護師は看護士とすべきだったのだ。

男女の区別は明瞭な方がいいけれど、私は生活上、職業上、男だからダメだとか、女にはさせられない、と思うことに反対だ。男でも手料理が好きでうまい人もいるし、女でもダンプの運転手をしている人も最近では珍しくない。

想像を超えるイスラム世界の女性の生き方

私は六十四歳の時、日本財団の会長という仕事に就くことになった。それまで一人で家にいて一人でものを書いている「職人」の生活しか知らなかったのだから、今度働く職場はいったいどんな所なのだろう、と興味津々だった。

出勤するとすぐに私の机の上には、報告だか決裁だかの書類が廻って来た。それを見ると女性職員を一人で南米の国などへも送るようになっている。《いい職場だ》と私は心の中で思ったが、詳細を知るまでは、軽々には褒めなかった。しかしまさに、男女平等だったのである。語学ができて、その事業の内容をよく知っており、出張先ですべきことと、その目的を可能にする才覚がありさえすれば、男も女もない。

ただ、私は財団が同じように女性職員をペルシャ湾岸のどこかの国に出張させようとした時、言った覚えがある。

「男性の職員と二人ならかまいませんが、イスラムの国に女性一人の出張はいけません」

私はその理由を説明した。イスラム圏では、エジプトなどの近代化が進んだ国でない限り、女性が一人で家の外へ出る習慣がない。女の子は小学校に上がるようになると、登校時にも下校時にも必ず男性の家族―兄や父など―のつきそいがつく。富裕な家の娘は、運転手つきの自動車で送り迎えをされる。

リビアの首都トリポリで出会った日本人女性は、リビア人の夫と日本で知り合い、そのまま結婚してリビアに渡った。夫は日本で働いていた大手の電機メーカーのトリポリ支店で勤務しているというから、まじめな人なのであろう。しかし彼女は夫がつきそって外出しない限り、すぐ近くの食料品屋まで買いものに行くことも許されない。

「じゃ、卵や牛乳が欲しいという時、どうなさるんですか」

と私は尋ねた。

「家の近くに、親戚の(男の)子がたくさんいますから、そういう子に頼んで買って来てもらうんです」

この家の屋上には、いわゆるアラベスクの模様になったすかし煉瓦の壁があった。内側から通りに入って来る人の様子は窺えるが、外からこの家に住む女性の姿は見えないようになっている。私はひどい近視だが、同行していた女友達は、恐ろしく眼のいい人だったので、後で彼女が私に教えてくれたところでは、私たちが入っていく時、家々のこうした透かし壁の穴から、一斉に人間の眼が覗いていた、という。自由に外出できない女性たちは、外部のニュースに飢えていたのだろう。

どうしてこれほどまでに、女性を家の中に置いておきたがるかという問いに対する答えを完全に満たすには、長く語らなければならないが、最も歴史的に見え、かつ単純なものとしては、女性は性の対象として、一種の財産だからという言い方がある。羊は毛と肉と時には乳がとれる財産だが、女性は性交渉を目的とし、子孫を残すこともでき、これも一種の財産だと言う人がいるのだ。

イスラム世界では、結婚までの女性の処女性を重んじる。だから万に一つでも、女の子が男に犯されないように一族で厳重に守る。結婚後も同じである。男性は一時に四人まで妻を取ることができる、という制度は、近年すたれつつあるが、これも実は歴史的に見て、戦いの後で発生した未亡人とその子供たちを、厳しい荒野や砂漠の生活の中で守るための処置だと言われている。特定の男が彼女らを守らなければ、子供と共に残された寡婦(かふ)は生きていけない。正式に誰か男の庇護のもとに置いてやる方が安全なのである。

女性を家に閉じこめておく、という非難もなされるが、一方で女性は大切に遇されているのだ。だから外へは出さない。アフガニスタンだったと思うが、その地方の男性に嫁ぐ女性は、花嫁として夫の家の門を入ると、今度出て来るのは、彼女が埋葬される時だ、という話もあるくらいである。

しかし現在のクウェートなどを見ると、こうした昔の風習は嘘のようでもある。女性たちだけで、広大なショッピング・センターで楽しげに買いものをしている。アラブの女性たちは一般に慎みを見せるために、スカーフで髪を隠す習慣があるが、クウェートなどでは、私たちと同じに、何のかぶりものも身につけていない。

駐日サウジアラビア大使は決してお認めにならなかったが、私は女性の友人と二人でサウジの入国を申請したが、いくら手を尽くしてもヴィザが下りなかった。私は職業がはっきりしているし、サウジに入ってからの身元保証は、現地にも支店を置く日本の有名な石油会社がしてくれていた。それでも当時のサウジは女性のジャーナリスト（私）さえ入れなかったのである。

私は結局、サウジのヴィザを、レバノンの首都ベイルートで「買った」。スパイ映画のような話だが、私の知人が町で知り合ったムハンマドという素性のわからない男（この名前はどこにでも、いくらでもある名前だ）に五千円ほどの手数料と私のパスポートを渡すと、翌日取って来たのである。

今でも女性が、一人旅はおろか、町へ買いものにも自由に（ということは夫や保護者なしに）出られない国は他にもまだ残っているだろう。

日本は明治以来、信じられないほど早く、女性が自由を得ることができるようになった。それでも私が、財団の女性職員にアラブ諸国への一人での出張を認めなかったのは、当時は外国人であろうと、女性が一人で町を歩くことに関して、土地の男の中には誤解をする人がいそうだったからである。つまりそういう女性はいかがわしい女だから、手を出してもいいのだ、と思う男がいてもおかしくないと予測できる範囲のことだったからである。

それに――現実的な不都合もあった。当時ヨーロッパからでもアジアからでも、湾岸諸国に着く飛行機は、ことごとく真夜中、午前〇時とか、二時とかいう都合の悪い時間帯だった。日本のような国なら、どんな時間であろうと、飛行機の発着がある限り、空港から信頼できるタクシーに乗れる。しかしアラブ世界ではメーターつきのタクシーなど当時はなかったし、女性が夜遅く一人でタクシーに乗るということさえ「非常識」と思われても仕方がない。すると女性職員のアラブ圏出張の度に、財団は現地にお住まいの、どなたか商社の方に頼んで、女性職員のための深夜の空港出迎えを頼まなければならない。それが安全を期するための当然の処置としてもそんなことはできない、と私は判断したのである。

日本を基準に世界を考えることをしてはいけない。社会における女性の地位は、国によって地方によって違う。その既存の現実はまず尊敬を以て受け入れなければいけない。

リビア人に嫁いだ日本人女性に、私は帰りがけに、「私の本でも日本からお送りします。ご住所を教えて頂けませんか」と言うと、彼女は当惑したように、「住所はわからないんです。今この国ではアラビア文字だけしか使ってはいけないことになっていて、私はアラビア語ができないもんですから。テレビ塔の下、と言えば、タクシーでもすぐわかるんですけど」と答えた。家族への愛で将来も彼女の家族が繫がっていることを祈るばかりだった。

第21話

人間だけに与えられた〝言葉〟を磨かない理由はない

会話にお金はかからない

亡くなった夫は、女性の悪口を言うのが好きだった。

「陰口はいけない。悪口は面と向かって言え」と言う人ではあったが、ことに女性の場合は悪口を言われても「何言ってんのよ。男だって同じじゃないの」と言い返してくれる人を相手に悪口を言っていた。

夫は、男女を問わず会話のできる人が好きだった。

会話こそが人間の証(あかし)だと信じていたふしがある。

「だってそうだろう。動物は仲間に合図はしても長々と会話はしないだろ。人間だけが、商談にしたって別れ話にしたって、ケンカにしたって、長々と会話をするんだ」

というのがその理屈だった。

そのうちにだんだんわかって来たのだが、夫はケチな性分であった。普通、男と女がデートをすると、かなりお金がかかる。都心へ行くにしても、まず電車賃が要る。喫茶店に行っても割り勘というわけにいかない。

昔の正式なお見合いは、どこか高級レストランなどで食事をしたらしい。そんな贅沢は現代のまじめなサラリーマンにできる出費ではない。昔はよく、女性の家に行くと、お母さんが夕食を出してくれた。それを食べれば栄養としても上等だったし、相手の家も見られるし、自分という人間を、相手に見てもらうチャンスにもなる。

つまり、安上がりに理解を深めるチャンスになっていたのである。お見合いやデートで一番無駄なのは、高級なレストランに行って、お互いにあまり喋らず、黙々と食べていることだ。それなら自分一人で行った方が食事代だって一人前で済む。

デートにはまず食べるものが要る。別にフランス料理でなくたっていいのだが、おにぎりにせよ巻き鮨にせよ、食べるものが要る。デートを目的に外出するならば、それなりに出費を覚悟しなければならない。映画を観るにしても、その他にコーヒー代くらいは最低必要だろう。ママ会だってお手軽なランチ代くらいはかかる。意外なことなのだが、お喋りをするのに場所代がかかっていることを不思議に思わない人が多い。

しかし、人間の会話だけは、本当にお金のかからないものなのである。

「それであの後、あいつの家へ行ってよ、あの問題について渋茶を飲みながら日暮れまで喋ったんだけど、結果として、結論は出なかったんだ」

ということは、相当な時間、二人はただのお茶しか飲まずに会話をしていたことになる。

結論が出なかったことは、一見無駄なことのようにも見えるが、決してそうではない。会話の間に、人間は考え、自分なりの譲れる地点を見出し、疲れてもきたので「この辺で折り合うか」という心理的地点に到達し、そこで自分が「納得することを納得し」、それでどうやら世の中の事は進んで行くのである。

会議の席で「合意を見た」と感じた人間は決して、本当に「それでいい」理由を見つけたのではなく、その日はそこで疲れてきたのである。会議室の窓の外が夕暮れになると、人間はなぜか、突っ張っているのがばかばかしくなる。早く家に帰りたくなる。

昔、夫の勤めていた或る大学で、教授会が延々と延びたことがあった。誰もが早く会議を終わらせたいと思っているのである。しかし一応必要なことを喋っているので、あからさまに、終わりにしたいと思っているとも言えないのだ。すると、一人の教授が質問の手をあげた。

「ハイ、先生どうぞ」

司会者が指名すると、

「あのう、今日は、会議の後のビールは、一人何本ずつですか？」

と訊いた。

「あの人は頭のいい人だ」

と夫は絶賛を惜しまなかった。会議が長すぎるなどと言えば「教授会に出た以上、審議を尽くすのは当たり前だろう」ということになる。しかしその場の出席者はほとんど全員が会議を終わらせたがっているのだ。閉会の後のビールのことを考えただけで、皆の頭が気が抜けたビールのようになる。それで会議はほどなく終わる。

余計なことだが、会議というものはなかなか「人間的な人工的空間・時間」である。そこは、部分的に形式化された会話、つまり人間の言葉なのだ。だからいいように思うが、強制された場の会話というものを、人間はまたあまり好まない。大抵の出席者が、会議は早く終わればいい、と考えている。口には出さないが、家に帰って風呂に入り、ビールを飲みたいと思っているのだ。世間には会議が好きという人もいないではないが、私の偏見によれば、そういう人は権力欲の強い、出たがり屋である。

社会は雑然としていることが自然

社会における組織は、会議という形で、合意をとり、皆の賛成を得たことにする。これが民主主義政治の面倒くさいところだ。専制政治なら、皆の賛成など要らない。私も民主主義が好きだが、この頃の人は、民主政治においては、五十一パーセントの人の賛成があれば、事は成立し、四十九パーセントの人が、自分の意にそわない政治に組み込まれるのだという、不幸な現実を忘れていて、民主的な政治は全員が賛成することだと思っている。

しかし数十年前、山本七平（やまもとしちへい）氏によって、ユダヤ人の知恵を教えられた我々は、賢いユダヤ人は全員が賛成したら、その議案は通さないことを知らされた。

人間社会には必ず違った考えをする人がいるから、私達の周囲にはいつも異分子や反対者がいるのが自然なのである。だから全員賛成という答えが出た時には、その背後に必ず政治的に不純な策動があると見なすというのだ。これは確かに、人間の知恵の部分である。社会は雑然としていることが自然である。とすれば、その雑然とした状況を察し、分析し、分類し、多数決原理で括るのは、言語の力なのである。

もちろん、言語の背後にあるのは、人間の情である。情の部分は、土地柄により表現も違う。

私の学んだ学校には、英語のできる同級生が多かった。両親の仕事などで、イギリスやアメリカで育った帰国子女たちである。世間にはそういう理由で日本語のできない生徒をいじめるような学校もあるらしいが、私の学んだ学校にはそういう空気はなく、少なくとも私は英語で育った友達の英語力を羨ましいと考えていた。

何か喋りかけると「ちょっと待って」という友人もいた。別に何か特別なことをしていたわけではない。本を読んでいただけだが、私は一瞬待っていた。後で理由を訊いてみると、彼女は直前まで、英語の本を読み、英語で考えていた。つまり横組みで読んだり、考えたりしていたのだが、私が急に、日本語の

（つまり縦組み思考の）形で喋りかけたので、頭の中を横から縦に切り替える時間が必要だったと言うのである。

言語というのは、これほどまでに「生きもの」的である。私の実感によると外国人がよその国の言葉を「極める」のは至難の業だ。

男女同権の最低ライン

昔私は日本ペンクラブの使いで、国際ペンの関係の会議に出たことがある。私の大学の後輩で幼児から英語で育ち、成績も抜群だった女性がついて来てくれると言うから、やっと引き受けたのだが、二、三日の会議の最後に、実行委員会の理事を選出することになった。

日本は世界でも有数の出版大国である。だからこういう役づきには、むしろ小国の代表を選ぶのがいいという原則はわかっていたのだが、アフリカや東欧から来た作家という人たちは、一、二冊の本しか書いていない上に、その一冊はフランス語だったりする。私が名前も全く知らない人が立候補しているのである。

別に困ることはない。そういう人たちの誰が理事になったらいいかは、多分ヨーロッパ諸国の人が決めればいいのだ。ヨーロッパはアフリカに近いだけでも、少なくとも日本よりは多くの情報を持っている。

私は自分に与えられた日本の一票を棄権すればいいだけなのである。しかし私はその時「棄権」という言葉を思いつかなかった。「投票する」が「vote」だから「no vote」と書けばいいのだが、全く別の単語を思い出そうとしていたのである。「no」をつけて反対を示すという思考に、日本人の私の頭はなっていないのである。「人がいない」ことを表すには「無人」という別の言葉を当てる。しかし英語ではno personと言えばいいのだ。「人がいない」という表現である。

私はこの原稿で、自分に言語学の才能がないための苦労話をするつもりはなかった。私などがこの問題を書かなくても、言語学者はもっと明晰（めいせき）に、このあたりの事情を書いてくれている。

しかしいずれにせよ、動物ではなく、人間社会には、言語という特別で複雑な情報伝達の方法が与えられた。

最近は、ＳＮＳで使われる用語には通じていても、母国語に「達者」ではない人が多いという。手紙一本、日本語で書けない人もいるという。

女性が、男女同権を叫ぶなら、少なくとも言語において、男性と同じ程度の使い手にならねばならない。女も男と同じくらい重いものを持てとは言えない。

しかし、言葉は同程度以上の「達者」になりやすい。それを忘れないでほしいのだ。それにはたくさんの本を読み、日本語でたくさん書くことしかない。

曽野綾子

その・あやこ

1931年東京都生まれ。作家。聖心女子大学卒。『遠来の客たち』(筑摩書房)で文壇デビューし、同作は芥川賞候補となる。1979年ローマ教皇庁よりヴァチカン有功十字勲章を受章、2003年に文化功労者、1995年から2005年まで日本財団会長を務めた。1972年にNGO活動「海外邦人宣教者活動援助後援会」を始め、2012年代表を退任。『老いの僥倖』(幻冬舎新書)、『夫の後始末』(講談社)などベストセラー多数。

本書は、『asta*』に連載されていた
「自らを差別する女性たち」に加筆修正したものです。

カバーデザイン　bookwall
撮影　篠山紀信
編集協力　髙木真明

ポプラ新書

154

人生の値打ち

2018年7月9日 第1刷発行
2018年8月15日 第3刷

著者
曽野綾子

発行者
長谷川 均

編集
碇 耕一

発行所
株式会社 ポプラ社
〒160-8565 東京都新宿区大京町22-1
電話 03-3357-2212(営業) 03-3357-2305(編集)
一般書事業局ホームページ www.webasta.jp

ブックデザイン
鈴木成一デザイン室

印刷・製本
図書印刷株式会社

N.D.C.914/246P/18cm ISBN978-4-591-15937-8

生きるとは共に未来を語ること　共に希望を語ること

昭和二十二年、ポプラ社は、戦後の荒廃した東京の焼け跡を目のあたりにし、次の世代の日本を創るべき子どもたちが、ポプラ（白楊）の樹のように、まっすぐにすくすくと成長することを願って、児童図書専門出版社として創業いたしました。

創業以来、すでに六十六年の歳月が経ち、何人たりとも予測できない不透明な世界が出現してしまいました。

この未曾有の混迷と閉塞感におおいつくされた日本の現状を鑑みるにつけ、私どもは出版人としていかなる国家像、いかなる日本人像、そしてグローバル化しボーダレス化した世界的状況の裡で、いかなる人類像を創造しなければならないかという、大命題に応えるべく、強靭な志をもち、共に未来を語り共に希望を語りあえる状況を創ることこそ、私どもに課せられた最大の使命だと考えます。

ポプラ社は創業の原点にもどり、人々がすこやかにすくすくと、生きる喜びを感じられる世界を実現させることに希いと祈りをこめて、ここにポプラ新書を創刊するものです。

未来への挑戦！

平成二十五年　九月吉日

株式会社ポプラ社